리턴 마스터 4

류승현 장편소설

초판 1쇄 찍은 날 § 2017년 10월 20일
초판 1쇄 펴낸 날 § 2017년 10월 27일

지은이 § 류승현
펴낸이 § 서경석

총괄팀장 § 최하나
편집책임 § 이지연
디자인 § 신현아

펴낸곳 § 도서출판 청어람
등록번호 § 제387-1999-000006호
등록일자 § 1999. 5. 31
어람번호 § 제1-2783호

주소 § 경기도 부천시 원미구 부일로 483번길 40 서경B/D 3F (우) 14640
전화 § 032-656-4452 팩스 § 032-656-4453
http://www.chungeoram.com
E-mail § chungeorambook@daum.net

ⓒ 류승현, 2017

ISBN 979-11-04-91493-5 04810
ISBN 979-11-04-91429-4 (세트)

4

류승현 장편소설

리턴 마스터

FUSION FANTASTIC STORY 청어람

리턴마스터

Contents

31장 인연   007

32장 최후의 생존자들   037

33장 퀘스트 연속 달성   055

34장 초월체   081

35장 최고의 스승   111

36장 정당한 보복   139

37장 백 퍼센트 함정은 피한다   165

38장 습격과 화염의 밤   199

39장 불의 정령왕과의 거래   227

40장 엘프와 워울프   243

41장 마력 수행   271

• 31장 •
인연

건장한 노인은 거대한 대리석으로 가득 찬 공간에 앉아 있었다.

대리석은 벽재나 조각이 아닌 원석 그대로 사방에 놓여 있었다.

'어쩐지 숨이 막히는군.'

노인은 조이는 목을 가볍게 만지며 눈살을 찌푸렸다.

그것이 공간이 주는 기묘한 압박 때문인지 혹은 마주 보고 앉은 백의의 남자 때문인지는 알 수 없었다.

그러자 마주 보고 앉은 남자가 미소를 지으며 말했다.

"왜 그러십니까? 왕제 전하. 심기가 불편하십니까?"

"불편할 것 없소. 그냥 목이 좀 갑갑하군."

노인은 고개를 저으며 말했다.

노인은 신성제국의 3군인 육군, 해군, 마도군의 총사령관인 바이바스 블랑크 크루이거였다.

신성제국에서 그보다 높은 지위를 가진 자는 오직 황제인 자신의 형뿐이었다.

하지만 가지고 있는 권력과 영향력만으로 치면 마주 보고 있는 남자가 그보다 훨씬 높을 것이다.

레빈슨.

그가 바로 신성제국은 물론, 레비그라스 세계의 절반을 지배하고 있는 레비교의 대신관이었다.

외모로 추정되는 연령은 대략 30세 초반.

하지만 레빈슨의 실제 연령은 이미 100세를 훌쩍 넘었다.

블랑크는 자신의 아들보다도 어려 보이는 대신관의 모습에 헛기침을 하며 말했다.

"그보다 대신관은 오늘도 건강해 보이는군. 대체 젊음을 유지하는 비결이 뭐요? 오러를 수련하지도 않았으면서."

"비결은 저의 한결같은 신앙심입니다."

대신관은 미소와 함께 말했다.

"부족한 제게 신께서 축복을 내리신 것입니다. 그보다도 오늘 이렇게 왕제 전하를 여기까지 모신 것은 얼마 전에 탈주한 지구인 노예 때문입니다."

대신관은 즉시 본론을 꺼냈다. 블랑크는 불편한 얼굴로 눈살을 찌푸렸다.

"그게 벌써 몇 달 전의 일인데, 아직도 언급하는 이유가 무엇이오?"

"물론 해결이 안 됐으니까요."

"하지만 그리 큰일은 아니지 않소? 탈출한 노예들은 부적격 판정을 받은 최하급일 텐데. 그런 노예 한둘이 탈출해 봤자 이 제국과 대신전에 무슨 염려가 되겠소?"

"이미 되고 있습니다."

대신관은 사방에 장식된 대리석을 보며 말했다.

"그리고 탈출한 것은 모두 일곱 명입니다. 심지어 그중 한 명은 며칠 전에 뱅가드의 투기장 시합에서 승리하여 챔피언이 되었다고 하더군요."

"투기장?"

순간 블랑크의 눈이 이채를 띄었다.

"흠… 그런 세속적인 장소는 대신전의 수장께서 언급할 만한 이야기는 아닌 것 같소만."

"물론 지독히 세속적인 이야기입니다. 어쨌든 간과할 수 없는 건 그가 몇 달 전까지만 해도 오러를 발현조차 못한 지구인이었다는 사실입니다."

"그사이에 각성이라도 했나? 선별에 실패했나 보군. 어쨌든 뱅가드 투기장의 1체급 챔피언이라니……."

"3체급입니다."

대신관은 노인의 말을 정정하며 말했다.

"그 지구인은 투기장 3체급의 챔피언을 꺾었습니다."

"뭐? 3체급? 그럼 그 몇 달 사이에 3단계 오러 유저가 되었다는 말인가?"

"그렇습니다."

대신관은 미소를 지으며 말했다.

"그러고 보니 왕제 전하께서도 자유 진영의 세속적인 문화에 정통하시군요. 생각보다 관심이 많으신 모양입니다?"

"어흠… 적국에 대해 알아낸 정보일 뿐이오. 뱅가드는 사막하나 건너면 제국과 바로 붙어 있으니."

블랑크는 머쓱한 얼굴로 둘러댔다. 대신관은 상관없다는 듯 곧바로 말을 돌렸다.

"어쨌든 탈출한 지구인들은 요주의 존재입니다. 가급적 빠르게 제거해야 할 것입니다."

"그렇다고 지금까지 그냥 내버려 둔 것은 아닐 텐데?"

"물론입니다. 이미 현지에 있는 조직에 명을 내렸습니다. 하지만 임무에 실패했습니다."

"뱅가드에서 활동하는 조직이라면… 빛을 쫓는 자 말인가? 자세히는 모르지만 지리멸렬한 조직 같던데."

"비밀리에 활동하느라 강력한 조직원을 키울 시간이 없었습니다. 기껏해야 1, 2단계 오러 유저나 로우 위저드뿐입니다."

"그 정도론 힘들겠지. 소드 익스퍼트부터는 힘의 차원이 다르니까. 흐음……."

블랑크는 수염을 쓰다듬으며 생각에 잠겼다.

지구인 소환 계획.

레비그라스의 인류를 타락으로 물들이고 있는 차원경의 근본을 제거하기 위해 대신전은 차원경과 연결된 지구의 인간들을 강제 소환 하기로 결정했다.

그렇게 소환한 지구인을 강력한 전사로 만들어 다시 지구로 돌려보내 모든 것을 파괴하게 만든다.

처음부터 블랑크는 그 계획이 마음에 들지 않았다.

직책상 어쩔 수 없이 협력하긴 했지만 지금 당장에라도 계획 자체를 백지로 돌리고 싶은 심정이었다.

지구인은 너무 위험했다.

지구의 대기엔 마나가 극히 부족하다.

때문에 대부분의 지구인은 오러나 마나의 적성을 발현하지 못한다.

하지만 이곳 레비그라스라면 이야기가 다르다.

레비그라스에 소환된 지구인이 일단 특수 능력을 발현하기만 하면 그들은 마치 마른 대지가 물을 빨아들이듯 빠른 속도로 성장하게 된다.

"그래서 이번에는 좀 더 대규모로 움직일까 합니다."

대신관은 생각에 잠긴 블랑크를 보며 말했다.

"더 이상 실패하지 않도록 완벽하고 깔끔하게 일을 진행하려 합니다. 그것을 위해서는 저희 대신전의 힘만으론 부족합니다. 지금 대신전의 신관들 중 상당수가 지구인들의 수련과 '재교육'에 매진하고 있다는 걸 알고 계시겠죠?"

재교육은 바로 세뇌였다.

블랑크는 눈살을 찌푸리며 말했다.

"알고 있소. 하지만 세뇌 마법은 너무 위험한 마법이오. 지구인 백 명의 세뇌를 유지하기 위해선 신성 스텟이 백이 넘는 신관 백 명이 아무런 일도 할 수 없지 않소이까?"

"그렇습니다. 지구인 한 명당 한 명의 신관이 달라붙어야 합니다."

대신관은 눈을 가늘게 뜨며 고개를 끄덕였다.

"하지만 어쩔 수 없습니다. 그래야 세뇌가 영구히 유지되니까요. 훗날 지구인을 다시 지구로 돌려보냈을 때까지……."

"너무 비효율적이오. 차라리 다시 한 번 이쪽 사람을 보낼 방법을 찾아내는 게 어떻소? 뛰어난 실력과 제국에 대한 충성심 그리고 빛의 신에 대한 신앙심을 갖춘 자를 지구로 보낸다면 금방 성과가 나올 테니까."

"바로 왕제 전하처럼 말입니까?"

대신관은 떠보는 듯 물었다.

"하지만 그게 불가능하다는 걸 아시지 않습니까?"

"당장은 그렇지만……."

"앞으로도 그렇습니다. 저희들은 모두 '신'이 존재하는 세계의 인류입니다. 남자든 여자든, 귀족이든 평민이든, 타고난 재능이 있든 없든 공통적으로 '신'과 연결된 채 태어난 존재입니다."

"흐음……."

"그런 저희들은 '신이 없는 세계'에서 생존할 수 없습니다. 그리고 지구에는 신이 없죠. 대신전이 발견해 낸 모든 차원 중에서 유일한 차원일 것입니다."

대신관은 주먹을 움켜쥐며 말했다.

"다른 신을 믿는 건 상관없습니다. 결국 모두가 '실존하는' 위대한 존재와 연결되어 있는 것이니까요."

"…하지만 지구인은 그렇지 않지."

"그렇습니다. 그들의 차원엔 신이 없습니다."

대신관은 증오의 눈빛을 번뜩였다.

"정확히는 다른 차원의 모든 신이 직접적으로 간섭하지 못합니다. 어째서일까요? 저 역시 하늘에 계신 높은 분들의 뜻을 모두 알지는 못합니다. 하지만 확실한 건 우리 세계의 타락과 부정을 막기 위해 우리들은 모든 수단과 방법을 동원해서 지구의 인류를 멸종시켜야 한다는 겁니다."

"그래… 분명 그렇지."

블랑크는 마지못한 얼굴로 고개를 끄덕였다.

지금으로부터 20년 전.

대신관인 레빈슨이 궁극의 신성 마법인 '차원 이동 게이트'

를 완성했다.

대신관은 즉시 정예로 구성된 소수의 신관들을 지구로 급파했다.

하지만 그들 모두가 지구에 도착하자마자 목숨을 잃었다.

마치 물 밖으로 나온 물고기처럼 그들은 잠시도 견디지 못했다.

하지만 반대는 아무런 문제도 없었다.

강제로 레비그라스로 소환한 지구인들은 아무렇지도 않게 생존했다.

덕분에 레빈슨은 즉시 지구인 소환 계획에 시동을 걸었다.

"계획은 차질 없이 진행 중입니다. 지난 1년 동안 일반 노예 전사와 상급 노예 전사들의 성취는 놀라운 수준으로 성장했습니다. 앞으로 3, 4년만 지나면 3단계 오러 유저나 1단계 소드 익스퍼트를 지구로 돌려보낼 수 있을 겁니다."

레빈슨은 신중한 얼굴로 말을 이었다.

"물론 성취가 떨어지는 자들을 먼저 보내서 상황을 파악해야겠죠. 어쨌든 저희들은 결국 성공할 수밖에 없습니다. 지구에는 오러도 없고 마법도 없으니까요. 지구인은 멸종할 겁니다. 하지만 그전에 이쪽에서 벌어진 문제를 해결해야 합니다."

"알겠소. 알겠으니 당장 필요한 걸 말하시오."

블랑크는 그만 되었다는 얼굴로 손사래를 쳤다. 레빈슨은 살짝 웃으며 고개를 숙였다.

"감사합니다, 왕제 전하. 제국마도사단 50명만 차출해 주십시오."

"마도사단을?"

블랑크는 눈썹을 꿈틀거렸다.

"지금 마도사단의 주력이 링카르트의 국경에 배치되어 있는 걸 모르시오?"

"알고 있습니다. 하지만 링카르트 공화국은 당분간 신경 쓰실 필요 없습니다."

"어째서? 링카르트는 안티카와 더불어 자유 진영의 두 기둥이란 말이오! 당장 15년 전의 전쟁만 떠올리더라도……."

"정보가 들어왔습니다."

대신관은 블랑크의 말을 빠르게 끊었다.

"링카르트는 적어도 한 달 이상 군사 활동을 벌이지 않을 겁니다."

"정보? 제국 정보부도 모르는 정보를 어찌 그대가……."

"믿는 자에겐 길이 열리게 마련입니다."

레빈슨은 검은 눈동자로 블랑크를 주시했다.

대신관은 이럴 때면 절대 물러나지 않는다. 그것을 알고 있는 블랑크는 한숨을 내쉬며 천천히 고개를 저었다.

"믿을 수가 없군. 링카르트에 대체 무슨 일이… 아무튼 알겠소. 원하는 대로 병력을 드리지. 하지만 정예는 뽑아드릴 수 없소."

"괜찮습니다. 제가 필요한 건 비행 마법이 가능한 훈련받은 50명의 마법사뿐이니까요."

레빈슨은 웃으며 고개를 끄덕였다.

"사막을 빠르게 이동하려면 비행이 가능한 마법사들이 필요합니다. 정찰을 해서 완벽한 포위망을 구축하기 위해서는… 물론 대신전 역시 당장 동원 가능 한 자들을 최대한 뽑아 보낼 생각입니다."

"사막? 설마 뱅가드를 직접 치려는 건 아닐 테지? 내 부하들을 개죽음으로 몰고 가진 않았으면 좋겠군."

"그럴 리가요. 하지만 죽더라도 결코 개죽음은 아닙니다. 모두 빛의 신의 뜻을 행하기 위한 순교니까요."

그렇게 말하면 반박할 수 없다. 블랑크는 일그러지는 표정을 감추며 자리에서 일어났다.

"알겠소. 기왕 넘겨주었으니 뜻대로 하시오. 그럼 난 이만 돌아가 보겠소이다."

"감사합니다, 전하. 그런데 한 가지만 더 부탁드려도 되겠습니까?"

레빈슨 역시 자리에서 일어나며 말했다.

"어떻게든 이번 계획에 함께하도록 조카분을 설득시켜 주실 수 없겠습니까?"

"…뭐라?"

블랑크는 걸음을 멈추며 뒤를 돌아보았다.

"조카라면 설마 황태자를 말하는 건 아닐 테고, 그렇다면 루도카 말인가?"

"그분의 마법 실력은 제국에도 소문이 자자하니까요. 심지어 오러와 신성 마법까지 겸비한 인재가 아니십니까? 이번 계획을 주도하기에 참으로 맞춤이신 분입니다. 가능하면 제가 직접 부탁드리려 했지만 아무래도 그분의 소속이 소속이다 보니……."

대신관은 나이에 맞지 않게 수줍게 웃어 보였다.

루도카가 속한 '언페이트'란 조직은 사실상 대신전에 잠식된 제국의 주요 기관 중에 유일하게 완전 독립된 기관이다.

블랑크는 코웃음을 치며 말했다.

"그건 나도 마찬가지요. 언페이트는 제국 3군 총사령관조차 함부로 건드릴 수 없지. 그리고 루도카는 지금 제도에 없소이다."

"황자님이 제도에 안 계시단 말입니까? 언페이트에서 또 무슨 임무라도?"

"수련 여행을 떠난 모양이오. 그럼 이만……."

블랑크는 고개를 까딱인 다음 대신관의 방을 빠져나갔다.

혼자 남은 대신관은 바로 옆에 있는 대리석을 바라보며 묘한 미소를 지었다.

"수련이라… 이미 자신의 운명을 포기한 분이 어째서 다시 수련을 시작했단 말입니까?"

대신관은 박수를 치며 대기하고 있던 신관을 불렀다.

"내일쯤에 제국마도사단이 도착할 겁니다. 계획대로 당장 사막으로 출정하세요. 그리고 상황을 봐서 '그'만큼은 산 채로 포획하시기 바랍니다. 불과 두 달 만에 소드 익스퍼트라니… 가능한 반드시 '재교육'을 해서 지구로 돌려보내고 싶은 인재입니다."

*   *   *

하늘에 떠 있는 마법사들은 대략 50명이었다.

그리고 포위망을 좁히고 있는 신관들의 숫자는 150명 이상이다.

나는 루니아와 등을 맞대고 낮은 목소리로 말했다.

"기사님, 적의 스캐닝을 부탁드립니다."

"왜 직접 하지 않고?"

"…제 스캐닝은 불량이라 횟수의 제한이 있습니다. 하루 10회 이상 못 합니다. 이미 너무 많이 써서 남은 건 아껴놓고 싶군요."

"각인도 불량이 있단 말인가? 믿을 수가 없군."

루니아는 불평을 하면서도 사방을 둘러보며 빠르게 스캐닝을 반복했다.

"…마법사들은 대부분 150에서 200 사이의 마력을 가지고 있다. 지휘관급으로 보이는 서너 명은 좀 더 강하고."

"지상에서 오는 신관들은요?"

"천차만별이다. 대부분 오러 유저지만 마법사도 있고… 뒤쪽에는 더 강한 놈들이 대기 중인 것 같다. 분명 소드 익스퍼트겠지."

"1단계인가요? 아니면 2단계?"

루니아는 모르겠다는 듯 고개를 저었다.

확실한 건 지금 우리가 매우 궁지에 몰려 있다는 사실이다.

당장 나는 샌드 웜 킹을 잡느라 대부분의 오러를 소모했다.

커티스는 기절했고 다른 동료들은 레벨 업을 했다 해도 큰 도움은 되지 않을 것이다.

기껏해야 1단계 오러 유저인 신관들과 일대일로 이길 수 있을 정도일까?

그나마 루니아가 전력을 온전히 보전하고 있다는 게 희소식이었다. 나는 희망을 기대하며 그녀에게 물었다.

"저희들은 여기서 방어에 전념하겠습니다. 그사이에 기사님께서 적들을 섬멸해 주시겠습니까?"

"하지만 죽을지도 모른다."

"기사님이요?"

"아니, 당신 동료들이."

루니아는 포위망이 제일 두터운 동쪽 방향을 주시하며 말했다.

"그리고 당신도 위험해. 오러가 30밖에 안 남았다. 물론 같은 30이라도 소드 익스퍼트의 30이지만… 그래도 0이 되는 순간 싸움이 고달파질 거다."

"압니다. 오러를 발동시킬 수 없으면 내구력이 확 떨어지니까요."

"신중하게 대처해라. 나는 왕녀님의 생명의 은인을 시체로 데려가고 싶지 않으니까."

루니아는 그렇게 말하며 즉시 동쪽으로 몸을 날렸다.

그와 동시에, 하늘에 떠 있던 마법사들이 우리가 있는 곳을 향해 빠르게 접근했다.

나는 곧바로 동료들에게 명령을 내렸다.

"모두 커티스를 중심에 두고 원형으로 둘러싼다! 절대 뛰쳐나가지 말고 방어에 전념해! 그사이에 기사님이 적을 정리하고 다시 돌아올 거다!"

그러자 모두가 동시에 대답했다.

"네! 알겠습니다!"

모두가 상황의 위험성을 느끼고 있었다. 물론 이견의 여지는 있겠지만, 지금은 군대식으로 타이트하게 갈 수밖에 없다.

같은 위기 상황이라 해도 적이 몬스터인 것과 인간인 것은 차원이 다르다.

저들은 우리가 알아채지 못하도록 넓게 포위망을 구축했다. 그리고 서두르지 않고 조심스럽게 포위망을 좁혀온다.

이것만 봐도 저들이 집단으로 훈련을 받은 존재라는 것을 파악할 수 있었다.

동시에 동쪽에서 전투가 벌어지는 소리가 들렸다.

콰과과과과과광!

루니아의 학살이 시작되었을 것이다.

하지만 나는 그쪽에 신경 쓸 수가 없었다. 공중을 포위한 수십 명의 마법사가 일제히 손을 뻗으며 불덩어리를 모으기 시작했다.

나는 동료들에게 경고했다.

"적은 마법사다! 날아오는 불덩어리는 반드시 오러 실드로 받아내! 안 그러면 오러의 소모가 극심해서 얼마 버티지 못한다!"

가능하면 어째서 그런지도 알려주고 싶었다.

하지만 적들은 그럴 시간을 주지 않았다.

동시에 사방에서 수십 발의 불덩이가 날아왔다.

콰과과과과과과과과과과과과과과광!

그것은 맹렬한 폭발이었다.

나는 시야를 가득 메운 폭염 속에서 이를 악물며 소리쳤다.

"모두 버텨! 끝까지 막아내면 우리가 이긴다!"

"큭… 이거 장난이 아니야!"

빅터가 이를 갈며 소리쳤다.

"대장! 이거 오러 소모가 너무 커! 이런 식으로 언제까지 막을 수 없어! 저 마법사들은 동작이 굼뜬 것 같으니 잽싸게 튀는 게 좋지 않을까?"

"그건 안 돼!"

나는 걷히는 화염을 주시하며 소리쳤다.

"이미 지상의 적들이 대기 중이다! 지금은 버티는 수밖에 없어!"

공중의 마법사들을 제외하고 지상의 신관들이 우리를 중심에 두고 50미터의 간격으로 포위 중이다.

여기서 진형을 풀고 탈출하는 순간, 즉시 그들이 달려들 것이다.

물론 나는 어떻게든 상대하며 뚫고 갈 수 있다.

하지만 다른 동료들은 무리였다. 심지어 기절한 커티스까지 짊어지고 가야 한다.

지금은 루니아가 동쪽의 적들을 정리하고 빠르게 이쪽으로 돌아와 주길 기다리는 게 최선이었다.

그때 두 번째 불덩어리가 쏟아졌다.

콰과과과과과과과과과과광!

처음보다는 약간 약했다.

하지만 여전히 강력했다. 화염이 걷힌 순간 드러난 동료들의 오러는 기세가 절반 이하로 줄어 있었다.

'루니아는 아직인가?'

2단계 소드 익스퍼트인 그녀라면 순식간에 수십 명의 적을 쓸어버리고 돌아올 수 있을 것이다.

하지만 멀리서 들리는 소리는 요란할 뿐이었다. 나는 왼편에서 비틀거리는 도미닉의 팔을 붙들며 소리쳤다.

"조금만! 조금만 더 버텨!"

"버텨도 안 된다!"

그때, 지상의 포위망을 구축하던 신관들 중 한 명이 앞으로 나서며 소리쳤다.

"너희가 믿고 있는 건 저 흑기사단의 여자겠지! 하지만 이쪽도 2단계 소드 익스퍼트를 대동했다!"

"뭐라고?"

"그것도 두 명 대동했다! 이 불경한 지구 놈들! 믿음도 없고 가치도 없는 너희들을 잡기 위해 우리 대신전이 대체 얼마나 큰 값을 치르고 있는지 알기나 하나!"

신관은 손에 들고 있던 두꺼운 병을 이쪽으로 던지며 다시 소리쳤다.

"자! 오러의 색을 보니 네놈이 '그' 지구인이겠군! 더 이상 레비의 뜻에 거역하지 말고 그 약을 마셔라! 그러면 사지를 찢어 죽여 마땅한 네놈들 중에 네 목숨만은 살려주도록 하겠다!"

"주한, 지금 저놈이 대체 뭐라고 하는 거지? 언어 자체는 알아듣겠는데 도통 뜻을 모르겠군."

빅터가 얼굴에 묻은 그을음을 손으로 훑으며 물었다. 나는 발치에 떨어져 있는 두꺼운 물병을 노려보며 말했다.

"아무래도 놈들은 저를 산 채로 잡아가려는 모양입니다. 이

걸 마시면 저만은 살려준다고 하는군요. 분명 기절시키는 약일 테죠."

"빨리 마셔라! 안 그러면 모조리 불구덩이 속에 처넣을 테니! 신의 뜻에 거역하는 죄악의 존재! 지금이라도 늦지 않았으니 대신전의 노예 전사로 돌아와라! 다시는 반항하지 않도록 정신을 '재교육'시켜 줄 것이다!"

"캬… 지금 저걸 협상이라고 하는 건가?"

빅터가 어처구니없다는 얼굴로 코웃음을 쳤다.

과연 신성제국의 인간들은 1분만 대화를 나눠도 정체를 알수 있다는 게 사실이었다.

나는 발치에 놓인 물병을 짓밟으며 소리쳤다.

"거절한다!"

"뭐라고! 이 추악한 불신자 놈이!"

"네놈들은 일단 사람과 대화하는 법부터 다시 배우고 와! 문장에 '신'이나 '불경' 같은 단어를 섞지 않고는 말을 할 수 없는 병에라도 걸린 거냐? 네놈들의 신이 그러라고 가르치든?"

"캬악! 이단이다! 제국마도사단, 공격하라!"

그러자 신관이 발작을 일으키며 손을 들었다.

동시에 대기 중이던 공중의 마법사들이 다시 불덩어리를 만들기 시작했다.

'막을 수 있을까?'

나는 아직 가능하다.

하지만 다른 동료들이 문제였다.

그렇다고 지금 당장 사방으로 흩어지면 포위 중인 신관들이 일제히 달려들 것이다.

나는 입술을 깨물었다.

어렵다.

나 혼자 사는 건 쉽지만 이곳에 있는 모든 동료를 살리는 것은 매우 어렵다.

그래서 나는 죽음을 결심했다.

일단 5분 전으로 돌아간 다음, 이번에 얻은 정보를 활용해 다시 기회를 노린다.

'하지만 오러를 거둔다고 해서 파이어볼 정도로 과연 죽을까? 난 기본적인 내구력과 항마력이 너무 높아졌으니……'

나는 손에 쥔 왕자의 검을 지면에 박아 넣고 대신 허리에 차고 있던 헌터 나이프를 뽑아 들었다.

'자살에 익숙해지는 것도 곤란한데……'

나는 그나마 남아 있는 오러를 오른손에 집중했다.

그와 동시에 마법사들이 불덩어리를 쏘아냈다.

그런데 그 순간.

쉬이이이이이이이이이이익!

무언가 커다란 것이 엄청난 바람 소리를 내며 이쪽으로 날아왔다.

나는 무심결에 소리가 나는 쪽으로 고개를 돌렸다.

'방패?'

그것은 방패였다.

폭이 2미터는 될 법한 거대한 방패가 빠른 속도로 회전하며 날아오고 있었다.

그리고 집결해 있는 우리들의 머리 위에 도달한 순간, 순간적으로 사방을 향해 푸른빛의 오러를 발산했다.

동시에 날아오던 불덩어리들이 오러에 막히며 대폭발을 일으켰다.

콰과과과과과과과과광!

하지만 방패는 끄떡도 하지 않았다.

방패는 너무도 완벽한 타이밍에 오러 실드를 사방에 전개하며 우리들을 지켜주었다.

그러고는 좀 더 날아가 지면에 처박혔다.

"방금 그게 뭐지?"

동료들 모두가 당황한 얼굴로 지면에 박힌 방패를 보았다.

그때 서쪽에서 엄청난 함성이 울렸다.

우와아아아아아아아아아아아아!

그들은 군대였다.

처음 보는 복장을 입은 수백 명의 병력이 일제히 소리를 지르며 이쪽으로 돌격하기 시작했다.

'저들은 대체 뭐지?'

사막에서 수백 명의 적에게 포위된 것만 해도 당황스러웠다.

그런데 이제는 그보다 더 많은 병력이 적들을 와해시키고 있었다.

덕분에 포위망은 순식간에 무너졌다. 그중에 파란색의 오러를 뿜내는 거구의 전사가 맨주먹으로 신관들을 마구 쳐 날리며 우리가 있는 곳을 향해 달려들었다.

나는 칼을 뽑아 세워 들며 남자를 마주 보았다.

'2단계 소드 익스퍼트? 대체 누구지?'

내가 알고 있는 2단계 소드 익스퍼트는 파비앙 왕자와 나이트 루니아뿐이다.

당연히 거구의 남자는 둘 다 아니었다.

콰직!

남자는 방금 나와 교섭을 하려던 신관을 말 그대로 한주먹에 찍어 눌렀다.

아무리 적이라 해도 인간의 몸이 구겨지며 모래 속으로 처박히는 장면엔 눈살을 찌푸릴 수밖에 없었다.

주변을 정리한 남자는 이쪽을 보며 밝은 표정으로 소리쳤다.

"거기! 샌드 웜 킬러라는 사람 있어?"

나는 즉시 대답했다.

"제가 샌드 웜 킬러입니다!"

"오! 정말인가? 다행히 안 늦었군!"

남자는 순식간에 내 앞으로 달려와 소리쳤다.

"당신이 그거야? 샌드 웜 킬러?"

"그렇습니다. 구해주셔서 감사합니다! 당신은 누구십니까?"

"나는 블룸이야. 캡틴 크로니클이라고 부르라고."

남자는 엄지손가락을 치켜세우며 상쾌한 미소를 지었다.

"캡틴 크로니클?"

"우리 회사 이름이 크로니클이거든. 설마 크로니클을 모르는 건 아니겠지?"

물론 모른다. 나는 고개를 숙이며 은인에게 사과했다.

"죄송합니다. 제가 세상 물정에 어두워서……"

"엥? 정말? 뭐… 아무튼 잘됐네, 늦지 않아서. 아, 저기까지 날아갔나?"

블룸은 번개같이 움직여 지면에 박힌 방패를 뽑아 들고는 다시 돌아왔다.

"대표님이 던지라고 해서 던졌는데 타이밍이 얼추 잘 맞은 모양이네. 다행이야. 실패했으면 나중에 크게 혼났을 거야."

"이 방패를 당신이 던진 겁니까?"

"당연하지. 내가 이걸 몇 년이나 연습했는지 알아?"

블룸은 방패를 등에 끼우며 자랑스럽게 포즈를 취했다.

그리고 그사이, 또 다른 오러 유저와 마법사들이 순식간에 몰려와 하늘에 떠 있던 적의 마법사들을 공격하기 시작했다.

블룸은 손으로 태양을 가리며 격렬한 공중전을 지켜보았다.

"어… 저것들 제국마법사단 아닌가? 그나마 그중에 병아리들 같지만 그래도 잘도 여기까지 왔네?"

나는 기절한 커티스를 즉시 부축해 일으키며 물었다.

"어쨌든 감사합니다. 영문은 모르겠지만 지금 당장 퇴각해도 괜찮을까요? 부상자가 있습니다."

"뭐? 아, 그래. 근데 조금만 기다려 봐."

블룸은 자신이 왔던 서쪽을 돌아보며 말했다.

"곧 대표님이 여기로 오실 거거든. 아… 저기 오네. 대표님! 여기예요, 여기!"

블룸은 솥뚜껑 같은 손바닥을 마구 흔들며 소리쳤다.

그러자 멀리서부터 갈색 피부의 남자가 이쪽으로 달려오는 것이 보였다.

남자는 좌우로 두 명의 전사에게 호위를 받고 있었다.

두 명 모두 2단계 소드 익스퍼트였다. 나는 솔직하게 감탄했다.

'대단하군. 그렇다면 저 '대표'라는 남자는 무려 세 명의 2단계 소드 익스퍼트를 부하로 부리고 있는 건가?'

모르긴 몰라도 엄청난 거물일 것이다.

나는 부축하던 커티스를 빅맨에게 넘겨주며 남자의 정체를 추리했다.

'대체 누구지? 크로니클? 뭐 하는 곳인데 이런 곳까지 날 쫓아와서 구해준 거지?'

"후우… 겨우 따라잡았군요."

잠시 후, 내 앞에 도착한 남자가 긴 한숨을 내쉬며 말했다.

"블룸을 먼저 보낸 게 정답이었군요. 하마터면 타이밍을 맞추지 못할 뻔했습니다."

"죄송합니다만……."

나는 단도직입으로 남자에게 물었다.

"대체 누구십니까? 대체 어떻게 알고 여기까지 따라와서 저희들을 구해주신 겁니까? 혹시 파비앙 왕자님께서 보내신 분들입니까?"

"그렇지 않습니다."

남자는 고개를 저으며 말했다.

"저는 크로니클이라는 회사의 대표를 맡고 있는 글라시스라고 합니다."

"…만나서 반갑습니다, 글라시스. 인사가 늦었군요. 목숨을 구해주셔서 진심으로 감사드립니다. 저는 문주한이라고 합니다."

그러자 글라시스의 몸이 움찔하며 경직되었다.

'뭐지? 방금 이 반응은?'

나는 눈살을 찌푸리며 물었다.

"괜찮으십니까? 뭔가 문제라도?"

"아… 아니, 아닙니다."

글라시스는 휘청거리던 몸을 재빨리 바로잡았다.

그리고 정면에서 내 얼굴을 뚫어지게 바라보기 시작했다.

나 역시 의아해하며 남자를 마주 보았다.

나이는 40대 초반 정도일까?

아랍계를 연상시키는 얼굴과 짙은 갈색 피부가 인상적인 호남형의 남자다.

키는 꽤 큰 편이지만 몸은 말랐다.

허리에 칼을 차고 있었지만 오러 유저라는 느낌은 별로 들지 않았다.

확실한 건 내가 이 남자와 초면이라는 사실이다.

그런데 그때, 글라시스는 갑자기 눈물이 그렁거리는 얼굴로 울먹이기 시작했다.

"흑… 겨우… 겨우 찾아냈군요."

"네? 무슨 말씀입니까?"

"설마 뱅가드에 계실 줄이야… 정말 등잔 밑이 어두운 법입니다. 저는 그것도 모르고 쓸데없는 곳에 전단지를 뿌리고 다녔습니다."

"네? 전단지요?"

나는 글라시스의 말을 조금도 이해할 수 없었다.

그는 이미 흐르기 시작한 눈물을 손등으로 닦으며 품속에서 무언가를 꺼냈다.

"아, 마침 하나 가지고 있었군요. 이게 바로 그 전단지입니다."

"대체 무슨 전단지이기에……."

나는 두 번 접힌 전단지를 펼치고 안에 적힌 글을 보았다.

그와 동시에 나 역시 감전이라도 된 듯 경직되었다.

'한글?'

전단지에는 한글이 적혀 있었다.

심지어 누군가 손으로 직접 쓴 듯한 필체로 또박또박 적혀 있었다.

나는 마른침을 삼키며 전단지의 내용을 읽었다.

"문주한 준장과 규호를 찾습니다. 만약 두 사람이 이 글을 읽는다면 즉시 전국에 퍼져 있는 크로니클사의 대리점이나 직영 건물로 찾아와 대표이사인 휴민 글라시스를 찾으시기 바랍니다… 이건 대체?"

"아직 모르시겠습니까?"

글라시스는 순간적으로 자세를 잡으며 멋들어지게 경례를 붙였다.

그것은 바로 전생의 인류 저항군이 쓰던 경례였다.

"소위 박진성! 준장님을 다시 뵙게 되어 무한한 영광입니다!"

"네?"

"접니다, 준장님! 박 소위입니다!"

글라시스는 그대로 양팔을 펼쳐 날 껴안으며 소리쳤다.

"몇 달 동안 찾아 헤맸습니다! 준장님, 살아계셨군요! 정말 다행입니다!"

"아니… 잠깐."

나는 글라시스를 억지로 떼어내며 말했다.

"그러니까… 당신이… 박 소위라고?"

"네, 준장님."

"그 박 소위? 나와 함께 10년 넘게 싸웠던 그 박 소위?"

"다른 박 소위도 있습니까?"

"전투 중에 몸이 날아가서… 초과학 차원의 기술로 하반신과 한쪽 팔을 대체했던 그 박 소위 말이야?"

"지금은 멀쩡합니다, 준장님! 저도 그 반지 끼고 여기로 돌아왔습니다!"

글라시스는 자신의 양다리를 두드리며 소리쳤다.

그리고 나는 이 모든 상황을 파악하고 정리할 때까지 10초의 시간이 필요했다.

"정말… 정말로 박 소위야? 진성이 너냐?"

"네, 준장님. 지긋지긋하시겠지만… 이번에도 잘 부탁드립니다."

박 소위는 눈물을 흘리며 웃었다.

그러자 이번에는 내가 양팔을 벌리며 그를 안았다.

뼈가 으스러질 정도로 격렬하게.

• 32장 •
최후의 생존자들

결과적으로 우리는 모두 무사히 뱅가드를 향해 퇴각했다.

루니아가 빠르게 돌아오지 못한 것은 신관의 말처럼 2단계 소드 익스퍼트 두 명을 상대했기 때문이었다.

루니아는 기어이 그 두 명을 상대로 승리를 거뒀다. 한 명은 죽었고, 또 한 명은 부상을 입고 도망쳤다고 한다.

"역시 안티카 왕국 최강인 흑룡기사단답군요. 같은 등급이지만 제 보디가드들보다 더 강력할 것 같습니다."

글라시스란 이름의 박 소위는 뒤따라오는 루니아를 보며 감탄했다.

나를 포함한 동료들은 박 소위가 가져온 '사막 마차'를 타고 이동 중이었다.

나는 동료들이 타고 있는 뒤쪽의 마차를 보며 물었다.

"대체 마차를 끌고 있는 이 짐승은 뭐지? 얼핏 보면 코뿔소처럼 생겼군."

"'로구'라는 가축입니다. 사막은 물론 평지에서도 무거운 짐을 끌고 다닙니다. 순간 이동 게이트가 연결되지 않은 곳까지 대량의 짐을 운반할 때 사용합니다."

"박식하군… 그럼 슬슬 설명해 주지 않겠나?"

나는 새로운 박 소위의 얼굴을 보며 물었다.

"대체 어떻게 된 거지? 바로 그날… 내가 반지를 낀 이후로 지금까지 무슨 일이 벌어진 건지 설명해 주면 좋겠어."

"네. 그런데 조금만 목소리를 낮추는 게 좋겠습니다."

박 소위는 좌우의 호위병을 살폈다.

마차 소리가 시끄러워 들리진 않겠지만 아무래도 조심하려는 모양이었다.

"…회귀의 반지는 일회용이 아니었습니다. 준장님이 사라지신 자리에 그대로 떨어져 있더군요."

"사라졌다고? 내가?"

"네. 육체만 쏙 빠져서 사라지셨습니다. 그러고 나서 스텔라가 말해줬습니다. 사실은 우리 모두를 속였다고요."

"뭐? 아니……."

나는 갑자기 높아진 목소리를 급히 낮췄다.

"스텔라가 속였다고? 그러니까… 회귀의 반지가 일회용이 아니었다는 사실 말인가?"

"그것도 포함해서 여러 가지를 속였습니다. 일단 저희 모두 20년 전의 자신의 육체로 돌아간다고 믿었잖습니까? 하지만 보시다시피."

박 소위는 자신의 몸을 가리키며 말했다.

"그게 아니었습니다. 시간도 20년 전도 아니라 20년에서 25년 사이였죠. 심지어 회귀하는 장소도 지구가 아니라 레비그라스 였습니다."

"그래, 확실히 그랬지."

나는 레너드의 몸에서 처음 정신을 차렸던 순간을 떠올리 며 물었다.

"그런데 어째서? 스텔라는 어째서 우리를 속인 거지?"

"사실대로 말하면 준장님께서 반지를 끼지 않을지도 모른다 고 했습니다."

"뭐? 아니, 물론 고민은 했을지도 모르지만……."

나는 입술을 깨물며 생각했다.

"그래도 결국 이 방법을 선택했을 거다. 그것 말고는 지구 의 인류를 구할 방법이 없으니까. 스텔라는 단지 그것 때문에 우릴 속인 건가?"

"다른 이야기는 없었습니다. 물론 윤리적인 문제도 있겠지 만요."

"윤리?"

"이거 말입니다."

박 소위는 자신의 가슴을 두드렸다.

"저희들이 이런 식으로 회귀한 순간, 본래 육체의 영혼이 강제로 밀려난다고 합니다. 말하자면… 한 사람을 살해한 셈이죠."

물론 나는 몰랐다.

하지만 그렇게 말할 수는 없었다.

내가 그것을 주장하는 순간, 실제로 알면서도 그 방법을 택한 박 소위에 대한 비난이 되기 때문이다.

나는 가볍게 심호흡을 하며 화제를 돌렸다.

"그래서 어떻게 됐나? 누가 먼저 반지를 꼈지?"

"스텔라가 진실을 밝힌 다음 곧바로 반지를 꼈습니다. 그리고 제가 꼈죠."

"규호는?"

"규호는 모르겠습니다. 저는 어차피 혼자 남아도 의미가 없을 테니 따라오라고 말했습니다. 아마도 끼웠을 것 같습니다만……."

"아니, 어떻게든 그 녀석을 먼저 끼우게 했어야 해."

나는 눈살을 찌푸리며 말했다.

"규호는 아직 어린애다. 어떤 선택을 할지 아무도 몰라. 녀석을 먼저 보내고 마지막으로 네가 반지를 꼈어야 해."

"생각해 보니… 그렇군요. 죄송합니다."

박 소위는 고개를 숙이며 넙죽 사과했다.

나는 즉시 고개를 저었다.

"질책하는 건 아니야. 그냥 의견이다. 나는 거기 없었으니… 선택은 각자의 몫이었겠지."

"아닙니다. 오히려 마음이 놓입니다. 준장님에게 혼나는 것도 오랜만이군요."

박 소위는 즐거운 듯 환하게 웃었다.

나는 그의 표정에서 옛 박 소위의 얼굴을 어렴풋이 떠올릴 수 있었다.

"어쨌든 회귀에 성공하고 나서 깜짝 놀랐습니다. 갑자기 50살이 넘은 아저씨의 몸이 되었으니까요."

"50살이 넘나? 내 눈에는 40대 초반으로 보이는군."

"감사합니다. 몸 주인이 오러도 익혔고 평소에 건강 관리도 철저하게 한 모양입니다. 그리고 가장 중요한 건……."

박 소위는 우리들을 둘러싼 거대한 규모의 수행대를 천천히 둘러보며 말했다.

"제가 안티카 왕국 최고의 갑부라는 사실입니다. 정말 크로니클이란 회사의 이름을 못 들어보셨습니까?"

"나는 신성제국의 수용소에서 깨어났거든."

나는 고개를 저으며 말했다.

"뱅가드에 도착한 지도 얼마 안 됐어. 하지만 안티가 왕국 최고의 갑부라고? 투기장을 운영하는 랜드픽이라는 기업이 최고 아니었나?"

"랜드픽은 2등입니다. 저희 회사와 라이벌 관계라고 할 수 있죠."

박 소위는 자신의 머리를 손가락으로 두드렸다.

"이 머릿속에는 크로니클사의 대표인 글라시스의 지난 50여 년의 모든 기억이 남아 있습니다. 사실 성격도 어느 정도 비슷해진 것 같습니다."

"성격도?"

"글라시스는 낙천적이고 인생을 즐기는 타입의 인간이었습니다. 그리고 저는… 그런 쪽으로는 전혀 인연이 없던 사람이었지 않습니까?"

"그건 어쩔 수 없지. 우리 인생의… 특히 네 인생의 대부분은 전쟁이었으니까."

"그런데 지금은 저도 꽤 놀 줄 압니다. 하하… 이렇게 말하니 뭔가 재미있군요. 느낌만으로는 전생의 박진성이 60% 정도고 나머지 40%는 글라시스가 함께 융합된 기분입니다.

"6 대 4인가? 너 정말 박 소위 맞아?"

나는 농담처럼 핀잔을 주었다. 박 소위는 머리를 긁적이며 웃었다.

"하하… 그러게 말입니다. 그런데 준장님은 아무렇지도 않으셨습니까?"

"나?"

"준장님의 몸은 겨우 20살쯤 되어 보이는데요? 정신적으로 영향이 없었습니까? 저는 갑자기 스무 살쯤 더 먹어서 적응하는 데 한참 걸렸습니다."

"나는……."

나는 눈을 감고 지난 일들을 떠올렸다.

그렇게 레너드의 육체로 회귀한 이후로 지금까지 내가 했던 수많은 선택을 하나씩 되짚어보았다.

"…확실히 나도 백 퍼센트 문주한이었다고는 말하기 힘들겠군."

"뭔가 달라지셨습니까?"

"이제 와서 생각해 보면 경솔한 판단이 많았던 것 같아. 전생의 나였다면 좀 더 신중했을 그런 판단 말이지."

"음, 그렇군요."

박 소위는 산전수전 다 겪은 중후한 얼굴로 고개를 끄덕였다.

"아무래도 육체가 육체니까요. 지금 나이가 정확히 어떻게 되십니까?"

"마흔세 살이지."

"육체의 나이 말입니다."

"스물한 살이네. 그리고 이래 봬도 한국인이야."

"네? 생긴 건 영락없이 서양인입니다만?"

"혼혈이더군."

나는 한쪽 어깨를 으쓱이며 물었다.

"어쨌든 간에 이렇게 왕국 최고의 갑부로 다시 태어난 다음은 어떻게 되었나?"

"일단 상황을 파악하는 데만 이틀은 걸렸습니다. 육체에 남은 기억이 워낙 방대해서요. 글라시스는 굉장히 다방면에 걸쳐 일을 하던 인간이었습니다."

"호위하는 인간들의 실력도 엄청나더군. 그래서?"

"우선 기억을 바탕으로 크로니클사를 운영했습니다. 머리 터지는 줄 알았습니다. 이런 건 준장님이 잘하셨을 텐데… 대기업 회장도 만만치가 않더군요. 제가 어렸을 때는 가장 부러운 존재였는데 말입니다."

박 소위는 자신의 허벅지를 주먹으로 두드리며 말했다.

"그리고 준장님과 규호를 찾기 시작했습니다. 그런데 정말 막막하더군요. 저처럼 인간이 완전히 바뀌어 있을 테니까요. 그래서 한글로 전단지를 만들어 왕도를 중심으로 배포했습니다."

"바로 이거 말이지."

나는 박 소위가 주었던 전단지를 펼쳤다.

"그런데 여기 스텔라의 이름은 없군. 스텔라는 찾지 않을 생각인가?"

"뭐… 그 여자도 눈이 있으면 준장님의 이름을 알아볼 테죠. 저희들은 속인 데 대한 약간의 심술입니다."

"무언가 다른 이유가 있을 거야. 그냥 속였을 리 없어."

"저도 그렇게 생각합니다."

박 소위는 고개를 끄덕이며 말했다.

"어쨌든 전단지를 배포하고도 감감무소식이라 속만 잔뜩 태웠습니다. 아무래도 신성제국의 세력권 안에 태어나신 것 같아서 매우 초조했습니다."

"실제로 그랬지. 그런데 뱅가드에는 이걸 안 뿌린 건가?"

"뿌리긴 뿌렸는데 아랫것들이… 아, 죄송합니다."

박 소위는 급히 말을 고쳤다.

"육체의 말버릇이 아직도 남아 있군요. 아무래도 직원들이 내곽 도시 위주로 뿌린 모양입니다. 준장님은 외곽 도시 쪽에 머물러 계셨죠?"

"맞아. 그런데 여긴 어떻게 알고 온 건가?"

"실은 전혀 다른 일 때문에 알게 되었습니다."

박 소위는 심각한 얼굴로 한숨을 내쉬었다.

"방금 말씀하신 그 랜드픽이라는 회사 있지 않습니까?"

"투기장과 호텔 체인의 주인 말이지?"

"그 밖에도 다양한 사업을 벌이고 있습니다. 어쨌든 회장인 스카노스라는 인물이 대단히 위험한 존재라… 저희 회사의 보안 팀에서 수시로 스카노스의 동태를 감시하고 있었습니다."

"대기업 간의 라이벌전인가? 그런데?"

"특히 최근 들어 스카노스가 기이한 일을 벌이기 시작했다는 게 포착되었습니다. 어째서인지 기사단에 사람을 보내 특이한 로비를 하더군요."

"로비?"

"투기장의 규정과 관련된 건데… 아무튼 그러다 '샌드 웜 킬러'이라는 새로운 무투사에 대한 정보가 들어왔습니다."

"나 말인가?"

"네, 준장님 말이죠."

박 소위는 씩 웃으며 고개를 끄덕였다.

"처음에는 몰랐습니다. 일단 준장님과 상관없이 상황을 파악하기 위해 보안 팀을 추가로 파견했습니다. 뱅가드에는 저희 공장이 있어서 금방 인력을 확보할 수 있었거든요."

"공장?"

"차원경 공장입니다. 저희 회사의 주력 상품이죠."

나는 깜짝 놀라며 되물었다.

"차원경? 차원경을 네 회사에서 만드나?"

"저희 회사가 업계 1위입니다. 전 세계에 생산되는 차원경의 80%가 크로니클사 제품입니다."

박 소위는 자랑스러운 듯 가슴을 내밀었다.

나는 그동안 보았던 다양한 형태의 차원경을 떠올리며 고개를 끄덕였다.

"그래… 그걸 그쪽에서 만들었군. 그렇다면 갑부가 될 만도 하지."

"그러다 조사 과정에서 '문주한'이란 이름이 나왔습니다. 그게 바로 준장님이 동료분들과 함께 사막으로 출정하시기 사흘 전입니다."

박 소위는 다시 냉정한 표정으로 돌아와 설명했다.

"그때 저도 뱅가드에 도착했습니다. 처음에는 그냥 돌아오실 때까지 기다릴 생각이었는데… 추가적으로 들어오는 보고들이 대단히 심각하더군요. 특히 도청기가 잡아낸 내용이 아주 심각했습니다."

"도청기? 이쪽 세계에 그런 물건도 있나?"

"그러니까… 준장님이 생각하시는 것과는 좀 다릅니다."

박 소위는 천천히 고개를 저으며 말했다.

"자세한 건 나중에 말씀드리겠습니다. 어쨌든 랜드픽을 감시하던 팀이 신성제국과 연결된 통신문을 도청해 냈습니다."

"뭐? 신성제국?"

"결론부터 말씀드리면 랜드픽은 준장님께 개인적인 악감정을 가지고 있습니다. 그래서 또 다른 악감정을 가진 신성제국에게 고의적으로 준장님에 대한 정보를 흘렸습니다."

"랜드픽이 내 정보를 신성제국에 흘렸다고? 정말인가?"

"네. 그들은 준장님의 행동을 일일이 감시해서 그날그날 신성제국에 보내주었습니다. 저는 일이 커질 것 같다고 판단하고, 제가 당장 동원할 수 있는 모든 용병과 직원들을 데리고 사막으로 돌입해 준장님의 흔적을 따라 여기까지 왔습니다."

"그런……."

나는 탄식하며 고개를 저었다.

'랜드픽이 내게 악감정을 가진 건 이해할 수 있다. 스컬킹을 죽였으니까. 하지만 그렇다고 자유 진영과 적대하는 신성제국에게 정보를 흘린다고? 두 진영은 철천지원수 아니었나?'

덕분에 랜드픽의 회장인 스카노스라는 인물의 됨됨이를 파악할 수 있었다.

나는 고개를 끄덕이며 박 소위에게 말했다.

"네 말대로라면 레비그라스 차원엔 장거리를 연결할 수 있는 통신기가 존재하는 건가?"

"네. 있습니다. 하지만 구조가 복잡해서 매우 고가입니다. 지구의 유무선 전화기와는 전혀 다른 시스템입니다."

"그리고 그걸 도청할 수 있는 장치도 있고?"

"실은 저희 회사의 개발 팀이 만들어낸 최신 극비 제품입니다."

박 소위는 목소리를 더 낮추며 말했다.

"덕분에 여기까지 올 수 있었습니다. 무리한 일정을 견뎌준 개발 팀에 감사해야겠죠."

"나도 감사해야겠군. 자칫하면 빼도 박도 못하고 목숨을 잃을 뻔했다."

"어쨌든 다행입니다. 시간을 맞출 수 있어서……."

박 소위는 안도의 한숨을 내쉬며 날 보았다.

"하지만 지금부터는 걱정하지 마십시오. 제가 목숨 바쳐 준장님을 호위하겠습니다."

"대기업 회장님께서 직접 말인가?"

나는 어깨를 으쓱이며 웃었다.

"이거 송구스러워서 몸 둘 바를 모르겠군. 평소라면 감히 말도 못 붙일 신분 아닌가?"

"크… 너무 놀리지 마십시오. 누가 뭐라 해도 저는 인류 저항군의 마지막 소위인 박진성입니다."

"농담이네. 그런데 다른 사람들은 어떤가?"

나는 마차 주변을 호위하고 있는 크로니클의 직원들을 보며 물었다.

"저들에겐 뭐라 말했지? 설마 사실을 있는 그대로 설명한 건 아니겠지?"

"2041년의 이야기는 안 했습니다."

박 소위는 고개를 저었다.

"대신 몇 가지 이야기를 각색했습니다. 평소에 글라시스와 가까운 사람들에게 설명해야 했거든요. 제가 준장님을 절실하게 찾는 이유를 말입니다."

"각색?"

"저는 지구인의 환생이라고 말했습니다."

박 소위는 장난스럽게 웃어 보였다.

"저는 전생에 지구인이었고 지금 각성해서 전생의 기억을 떠올렸다고 했습니다."

나는 눈살을 찌푸리며 잠시 생각했다.

"전생이라면 전생의 인연… 할 때 쓰는 그 전생 말인가?"

"네. 이쪽 사람들은 이미 차원경으로 지구에 대해 속속히 알고 있어서 설명이 쉬웠습니다. 제게 전생의 깊은 인연이 있고, 그 인연이 이어진 사람들이 모두 같이 레비그라스 차원에 환생했기 때문에 반드시 그들을 찾아야 한다고 말이죠."

"그 무슨… 대단히 괴상하면서 로맨틱한 이야기 같군. 30년쯤 전에 TV 드라마에서나 나올 법한 이야기야."

"주변 사람들도 대부분 그렇게 받아들였습니다. 저 지구 문명에 미친 회장님이 이번에 또 괴상한 짓을 벌이는구나. 이렇게 말입니다."

"글라시스는 원래 지구에 관심이 많았나?"

"엄청 많았습니다. 최근에는 거금을 들여 신성제국 쪽에서 비밀리에 나오는 '지구인들의 물건'을 대량으로 구매했을 정도니까요."

"지구인의 물건?"

"1년 전에 신성제국이 수백 명의 지구인을 소환하지 않았습니까? 그때 강제로 압수한 물건들입니다. 지구인의 옷에, 스마트폰에, 가방이나 지갑에… 제 저택의 비밀 컬렉션 방에 수많은 물건이 있습니다. 나중에 보여 드리죠."

"좋아. 그거 아주 기대되는군."

나는 쓴웃음을 지으며 고개를 끄덕였다.

"어쩌면 레너드의 물건도 있을지 모르겠어."

"레너드요?"

"내 몸의 원래 주인."

"아……."

"어쨌든 네가 와줘서 다행이다, 박 소위."

나는 박 소위를 보며 신중하게 말했다.

"예상 밖이지만 엄청난 지원군이 도착한 셈이다. 내 목표를 위해, 아니, 우리 목표를 위해……."

"물론입니다, 준장님."

"하지만 너는 이쪽 세계에서의 신분과 역할이 있겠지. 괜찮은 건가? 우리가 지금부터 이 세계에서 해야 할 일을 레비그라스인인 글라시스도 함께할 수 있는 건가?"

"그 무슨 섭섭한 말씀이십니까?"

박 소위는 입술을 비죽이며 말했다.

"당연히 저는 준장님과 함께합니다. 제 목표도 준장님의 목표와 같습니다."

"여전히 지구를 구하고 싶나?"

"여전히 인류를 구하고 싶습니다."

박 소위는 가슴에 경례를 붙이며 말을 이었다.

"그 목표를 달성하기 위해서라면 제가 가진 모든 재산과 권력을 마음대로 쓰셔도 상관없습니다. 저는 오직 준장님께만 충성합니다. 그리고 오직 인류에게만 충성합니다."

"…알겠네."

나는 눈물이 핑 도는 것을 느끼며 그의 손을 붙잡았다.

그는 전생의 가장 든든한 전우였고 현생에는 왕국에서 가장 돈이 많은 갑부였다.

세상에 이보다 더 강력한 동료는 존재하지 않을 것이다.

• 33장 •
퀘스트 연속 달성

샌드 윔 킹의 시체는 너무도 거대했다.

심지어 눈알마저 거대했다. 뽑은 눈알 두 개를 겹쳐놓으면 사람보다 큰 눈사람으로 보일 것이다.

박 소위는 뱅가드로 돌아가기 전, 부하들에게 몬스터의 시체에서 채집할 수 있는 모든 것을 채집하라고 명령했다.

덕분에 대동한 서른 대의 마차 중에 절반이 샌드 윔 킹의 부속물로 가득 차버렸다.

물론 눈알은 루니아의 것이었다.

"나는 왕녀님을 구하기 위해 즉시 움직이겠다. 문주한, 그대와 그대의 동료의 노고에 깊은 감사를 표한다. 당장은 급해서 먼저 떠나지만 곧바로 연락을 하도록 하겠다."

그녀는 뱅가드에 도착하자마자 눈알이 담긴 마차를 빌려 파비앙 왕자가 있는 곳으로 돌아갔다.

그리고 나는 동료들과 함께 박 소위가 머물고 있는 뱅가드 내곽 도시의 최고급 호텔 '아르카디아'로 거처를 옮겼다.

*　　　*　　　*

"다시 한 번 소개하겠습니다. 이쪽은 블룸이라고 합니다."

박 소위의 소개로 나는 그의 측근들을 한 명씩 소개받았다.

"여! 다시 한 번 인사할게! 캡틴 크로니클이라고 불러줘!"

블룸은 거대한 이두박근을 뽐내며 멋진 포즈를 취했다. 박 소위는 쓴웃음을 지으며 블룸의 등을 두드렸다.

"이 친구는 지구 문명에 완전히 푹 빠져 있습니다. 지구의 영화관이나 TV를 비추는 차원경의 구입에 전 재산을 쏟아붓고 있죠."

"그러니까 대표님, 월급을 돈 말고 차원경으로 달라니까요? 저는 차원경만 있으면 밥을 안 먹어도 살 수 있다고요. 네?"

"…그럴 리가 있나. 네 덩치로는 보통 사람 세 배는 먹어야 할 거야. 그리고 이쪽은 멀티렌입니다. 제 개인 경호대의 대장이자… 대대로 글라시스 가문을 지켜온 가문의 충신입니다."

그러자 서른 살쯤 되어 보이는 날카로운 인상의 남자가 앞으로 나섰다.

"만나서 반갑습니다. 멀티렌이라고 합니다."

"문주한입니다. 그런데 가문의 충신이라니……."

"저희 조상들은 대대로 글라시스를 모셨습니다. 그것이 저희들의 영광이며 운명입니다. 시대가 변해도 저희들은 변하지 않습니다. 제 자식도, 제 손자도 영원히 글라시스를 수호할 겁니다."

멀티렌은 무뚝뚝하게 선언하며 뒤로 물러났다. 박 소위는 재빨리 반대편에 있는 여자에게 손짓을 하며 그녀를 소개했다.

"자, 이쪽은 코바레스입니다. 제 비서실장이죠."

"마리아 코바레스입니다. 마리아라고 불러주세요."

마리아는 애교 있게 웃으며 오른손을 내밀었다. 그녀는 키가 160㎝도 안 될 만큼 작아 보였다.

하지만 그녀 역시 2단계 소드 익스퍼트다. 나는 그녀와 악수를 하며 조심스럽게 물었다.

"만나서 반갑습니다, 마리아. 이름이 익숙하군요."

"네, 지구식이죠. 어머니가 기독교를 믿으셔서 그렇게 지어주셨습니다."

"네? 뭐라고요?"

나는 눈을 크게 뜨며 되물었다. 그러자 박 소위가 가볍게 웃으며 설명했다.

"자유 진영에는 지구의 종교를 믿는 사람들도 있습니다. 성

당이나 교회를 24시간 동안 비추는 차원경도 있으니까요."

"하지만 레비그라스에는……."

"네. 물론 여기엔 세상에 개입하는 신이 계시죠."

마리아는 가슴을 펴고 당당하게 말했다.

"하지만 저는 그게 진짜 신이라고 생각하지 않습니다. 좀 더 물리적인 존재죠. 그에 비해 지구의 신은 세상사에 직접적으로 개입하지 않습니다. 매우 은밀하고 상징적으로 역사하시죠. 저는 그것이야말로 진정한 신의 역할이라 생각합니다."

마리아의 종교관은 매우 독특했다. 그녀는 호기심 어린 얼굴로 날 보며 물었다.

"그런데 당신이 바로 대표님이 노래를 부르던 전생의 연인이신가요?"

나는 즉시 부정했다.

"연인이 아닙니다. 동료였죠. 군대에서 제가 상관이었습니다."

"그게 그거죠, 뭐. 빗발치는 포화 속에서 싹트는 동료 간의 뜨거운 전우애… 상상만 해도 멋지네요. 차원을 넘어 다시 태어나 만난 두 사람! 이번에는 전생에 못다 이룬 서로의 인연을 다시 확인하며……."

"어, 소개가 끝났으면 이만 나가보게. 난 준장님과 긴히 논할 이야기가 있으니까."

박 소위는 급하게 세 사람 모두를 밖으로 내보냈다.

나는 쓴웃음을 지으며 넓은 테이블의 의자에 걸터앉았다.

"부하들 취향이 상당히 독특하군. 일하는데 골치 꽤나 썩이겠어."

"휴… 그러게 말입니다."

박 소위는 한숨을 내쉬며 말했다.

"블룸은 지구 문명에 푹 빠져 있고 마리아는 머릿속이 꽃밭이라 자꾸 이상한 소리를 합니다. 그나마 멀티렌이 정상인데… 그 친구는 반대로 너무 딱딱해서 소통이 어렵습니다."

"그래도 실력만큼은 확실하겠지. 셋 다 2단계 소드 익스퍼트 아닌가? 이 나라는 기사단의 텃세가 대단한 것 같은데 저런 인재를 기사단에 빼앗기지 않고 잘도 모았군?"

"물론 이게 있으니까요."

박 소위는 손가락을 동그랗게 만들며 웃었다.

"두 사람에겐 엄청난 연봉을 주고 있습니다. 거기에 크로니클의 중역들에게만 제공되는 특혜도 있죠. 기사단처럼 권력이나 명예는 없지만 두 사람 모두 만족하고 일하는 것 같습니다. 물론 멀티렌은 그런 것 없이도 목숨을 바쳐 충성하지만요."

나는 무표정한 얼굴의 멀티렌을 떠올리며 말했다.

"가문을 섬기는 자라, 발상이 매우 중세적이군."

"안티카 왕국은 레비그라스의 과거와 미래가 혼합되어 있습니다. 하지만 서로의 신념에 간섭하지 않죠. 그게 자유 진영의 모토입니다."

박 소위는 날 마주 보고 앉으며 물었다.

"그래서 준장님, 지금부터 어떻게 하실 생각이십니까?"

회귀 후에 내가 어떤 일을 겪었는지는 사막에서 돌아오는 길에 전부 설명해 주었다. 나는 잠시 생각하다 반대로 그에게 물었다.

"실은 내가 묻고 싶네, 글라시스 회장."

"둘이 있을 때는 박 소위라 부르십시오."

"아니, 나는 말 그대로 글라시스라는 인물에게 묻고 싶은 거야. 그는 이쪽 세계의 대표적인 주요 인물이겠지, 안 그런가?"

"물론입니다. 안티카 왕국 전체를 통틀어 다섯 손가락 안에 드는 VIP라고 자부합니다."

"그런 VIP의 눈으로 볼 때 내가 과연 신성제국을 무너뜨릴 수 있겠나?"

"그건……."

박 소위는 왼쪽 눈을 살짝 찌푸린 다음 말했다.

"당장은 불가능합니다."

"당장은?"

"아니, 영원히 불가능합니다. 혼자서는요."

박 소위는 차분한 목소리로 설명했다.

"물론 준장님의 성장 속도는 엄청납니다. 레비그라스의 역사를 통틀어도 최고일 겁니다. 사막에서 말씀하신 것처럼 '지구인'이라 특별한 걸 테죠. 물론 준장님의 몸은 그 지구인들 중에서도 더 특별한 것 같습니다만."

"이 육체는 오러에 대한 친화력이 엄청난 것 같더군. 원래 주인이었던 레너드에게 감사해야지."

"이제 와서 생각하는 겁니다만……."

박 소위는 창밖을 보며 말을 흐렸다.

우리가 있는 곳은 뱅가드의 내곽 도시 C구역에 있는 최고급 호텔의 펜트하우스였다.

박 소위는 뱅가드에 도착하기도 전에 사람을 보내 호텔의 최상층 세 층을 통째로 빌렸다고 한다.

15층 건물의 꼭대기에서 내려다보는 내곽 도시의 풍경은 그야말로 일품이었다.

박 소위는 테이블에 놓인 잔에 호박색의 술을 천천히 따르며 말했다.

"회귀의 반지는 무언가 특별한 법칙에 따라 육체를 지정해 주는 것 같습니다."

"음? 갑자기 무슨 소린가?"

"처음에는 그저 우연이라고 생각했습니다. 제가 운이 좋아서 이런 갑부의 몸으로 회귀했다고 말입니다. 하지만 준장님을 보니… 그게 아니었던 것 같습니다."

박 소위는 복잡한 표정으로 날 바라보았다.

"어쩌면 회귀의 반지는 그 상황에서 최선의 육체로 영혼을 전이시킨 것 같습니다."

"최선? 그럼 이 스물한 살짜리 청년의 몸이 내게 최선이었다는 말인가?"

"네. 실은 그 육체가 오러에 대해 강력한 재능을 가지고 있었으니까요… 아!"

박 소위는 따른 술을 마시다 화들짝 놀라며 새로운 잔에 술을 따르기 시작했다.

"이런, 죄송합니다, 준장님. 당연히 준장님 먼저 따라 드렸어야 하는데 아무래도 습관이 되다 보니……."

"괜찮아. 그보다도 네 말은 흥미롭군."

나는 고개를 끄덕이며 술잔을 건네받았다.

"나는 오러의 수련에 대한 경험과 지식이 있었지. 연구를 직접 도왔으니까. 그래서 그걸 활용할 수 있는 최선의 육체가 주어졌다, 이 말인가?"

"네. 그리고 저는 그런 게 없었기 때문에… 반대로 쉽게 활용할 수 있는 '부'를 가진 육체가 주어졌습니다. 물론 오러도 좀 다루고 마법도 약간 다루지만요."

박 소위는 어깨를 으쓱였다. 나는 술을 한 모금 마신 다음 눈살을 찌푸렸다.

"이 술, 도수가 상당히 높군."

"링카르트 공화국에 있는 카발 지방의 명품 위스키입니다. 한 병에 300씰짜리죠."

"300씰? 정말인가?"

박 소위는 빙긋 웃으며 고개를 끄덕였다.

"글라시스는 이걸 음료수처럼 마셔댔습니다. 덕분에 제 입에도 꽤 잘 맞더군요."

"술은 잘 모르지만… 확실히 향이 좋군. 그럼 네 말대로라면 스텔라나 규호도 어딘가의 특별한 육체로 회귀했다는 말인가?"

"그럴 확률이 높다고 봅니다. 물론 어디까지나 가설이지만요."

"만약 그렇다면… 의심 가는 사람이 하나 있군."

"누구 말씀입니까?"

나는 안단테 왕국의 왕녀인 셀리아를 생각했다.

물론 얼굴을 본 적은 없으니 그녀에 대한 배경 지식만 떠올랐다.

'셀리아 왕녀는 지구 문명에 대한 자유 진영 최대의 옹호자라고 한다. 대중 앞에서 연설도 자주 했고, 자유 진영이 분열되지 않도록 온 힘을 쏟고 있다고 했지.'

그렇다면 그녀가 스텔라일까?

나는 잠시 고민하다 고개를 저었다.

"아직은 확실하지 않아. 나중에 이야기하지. 그보다 앞으로의 계획에 대해 말하고 싶군. 네 말처럼 나 혼자 신성제국을 무너뜨리는 건 불가능하다. 만약 내가 소드 마스터까지 성장한다 해도 말이야."

"네. 소드 마스터는 신성제국에도 있으니까요."

"황제 말이지. 그렇다면 결국 자유 진영과 신성제국의 전면전을 교사해야 할까?"

"그것도 쉽지 않습니다."

박 소위는 고개를 저으며 설명했다.

"지금까지는 신성제국이 자유 진영을 침략하는 것으로 전쟁이 발생했습니다. 지난 수백여 년 간 말이죠. 하지만 최근엔 양상이 바뀌었습니다."

"어떻게?"

"신성제국도 최근 들어 무분별한 국경 분쟁이나 도발을 감행하지 않습니다. 이유는 간단합니다. '지구인 소환 계획'에 엄청난 국력을 쏟아붓고 있기 때문입니다."

"지구인 소환 계획이라……."

나는 곧바로 '귀환자'라는 단어를 떠올렸다.

"귀환자를 육성하는 데 그렇게 돈이 많이 드나? 전생에 스텔라의 이야기만 들어서는 그렇게까지 낭비가 심할 것 같지는 않은데? 심지어 나 같은 경우에는 거의 가축처럼 수용되고 있었지."

"돈도 돈이지만 전투력 자체가 투자되고 있습니다. 당장 대신전에 소속된 신관의 30% 이상이 지구인의 육성과 세뇌에 묶여 있습니다. 제국의 뛰어난 기사나 마법사들도 그쪽에 자리를 잡고 일하고 있다 합니다."

"그런가… 그렇군."

나는 잔에 남은 술을 한 번에 비우며 말했다.

"그렇다면 지금부터 내 전략을 설명하지. 지금 이 시점에서 신성제국을 무너뜨리는 건 불가능한 목표다. 모든 게 불리하지. 하지만 반대로 시간이 지날수록 더욱 불리해지는 문제가 있다."

"그게 뭡니까?"

"바로 귀환자다. 그들은 지금 이 순간에도 나처럼 강해지고 있어. 더 늦기 전에 그들을 해방시켜야 한다. 만약 해방할 수 없다면……"

나는 눈을 가늘게 뜨며 입술을 깨물었다.

박 소위는 내 마음을 읽고 즉시 대답했다.

"제거라도 해야겠죠. 지당한 말씀이십니다."

나는 한숨을 내쉬며 고개를 끄덕였다.

"지금까지는 크게 신경 쓰지 않았는데 정말로 육체에 영향을 받고 있나 보군. 전생의 나였다면 아무렇지도 않게 귀환자의 몰살을 논했을 텐데 말이야."

"아무래도 같이 납치된 지구인이니까요."

나는 가슴 한쪽이 지끈거리는 걸 느끼며 말을 이었다.

"목표는 지구인의 해방, 혹은 완전 무력화다. 앞으로 3년 안에 반드시 이 일을 성공시켜야 해. 안 그러면 자유 진영은 멸망할지도 모른다."

"네? 자유 진영이요?"

박 소위는 영문을 모르겠다는 얼굴로 눈을 깜빡였다.

"어째서 지구가 아니라 자유 진영입니까? 신성제국은 귀환자를 지구로 보낼 텐데요? 그러니까 지금 시점에서… 4년쯤 후에 말입니다."

"물론 그럴 테지. 하지만 생각해 봐. 최초의 귀환자는 어느 정도의 힘을 가지고 있었지?"

"최초의 귀환자라면……."

박 소위는 눈살을 찌푸리며 전생의 기억을 끄집어냈다.

"제가 열 살 때쯤의 일이군요. 나중에 군대에 끌려갔을 때 배운 것 같습니다. 분명 2단계 오러 유저였던가요?"

"그래. 순식간에 공항 하나를 쑥대밭으로 만들었지. 하지만 테러진압부대와 육군의 협력으로 금방 제압할 수 있었다."

"네. 저도 그렇게 들었습니다."

"그 뒤로도 2단계 오러 유저나 로우 위저드가 연이어 귀환했다. 하지만 신성제국은 왜 그랬을까? 앞으로 4년 동안 고작 해야 그 정도의 전사밖에 육성해 내지 못했을까?"

나는 박 소위의 눈을 응시하며 물었다.

잠시 고민하던 박 소위는 순간적으로 손뼉을 치며 소리쳤다.

"아, 그렇다면!"

"저들은 분명 그 이상의 강자들을 만들어냈어. 하지만 일부러 지구로 보내지 않은 거다. 완성된 귀환자 중에 약한 자들을 골라서 간을 본 거지. 그렇다면 그 시점에서 강력한 자들은 뭘 하고 있었을까?"

이대로 4년의 시간이 더 지나면 분명 납치한 지구인들 중에 강력한 존재들이 쏟아져 나올 것이다.

생각이 거기에 닿은 박 소위는 심각한 얼굴로 마른침을 삼켰다.

"신성제국은… 자신들이 만들어낸 강력한 귀환자들을 가지고, 먼저 자유 진영을 공격했군요!"

"내 생각은 그렇다. 그들은 먼저 육성한 귀환자를 가지고 레비그라스를 통일한 다음에 마음 편히 지구를 공략한 거야."

"과연… 저들이 초기에 약한 귀환자를 계속 보낸 이유는 정말 강력한 귀환자는 레비그라스 통일 전쟁에 투입했기 때문에?"

나는 고개를 끄덕였다. 박 소위는 한숨을 내쉬며 고개를 저었다.

"그런 일이… 하지만 그렇게 생각하면 앞뒤가 맞군요. 저는 생각이 거기까지는 미치지 못했습니다. 역시 준장님이십니다."

"나도 최근에 와서 떠올린 가설이다. 하지만 십중팔구 맞을 거야. 그러니 우리에겐 시간이 별로 많지 않다. 생각해 봐. 지금 이 레비그라스 차원에 몇 명의 소드 마스터가 있지?"

"세 명입니다."

"그런데 우리들은 전생에 대체 몇 명의 소드 마스터를 상대로 싸웠지?"

"최소한… 열 명이죠."

박 소위의 표정에 공포가 깃들었다. 나는 한숨을 내쉬며 빈 잔에 직접 술을 따랐다.

"그리고 그중에는 스텔라도 있지. 물론 그녀가 소드 마스터는 아니었지만."

"스텔라요? 하지만 스텔라는 지금 누구의 몸으로 회귀한지 모르는 상태라……."

"그 스텔라 말고."

나는 고개를 저으며 말했다.

"지금 세계의 원래 스텔라 말이다."

"아……."

"이제 스텔라는 두 명이다. 모든 걸 아는 스텔라와 아무것도 모르는 스텔라. 물론 나도 마찬가지고, 너와 규호도 마찬가지겠지."

"물론 규호는 아직 태어나지도 않았겠지만요."

박 소위는 쓴웃음을 지으며 어깨를 으쓱였다. 나는 머릿속이 한없이 복잡해지는 걸 느끼며 전혀 다른 두 사람의 스텔라를 떠올렸다.

*   *   *

내가 파비앙 왕자의 부탁을 승낙한 이유 중에는 그것이 바로 해결해야 할 퀘스트 중 하나였기 때문이었다.

퀘스트6: 샌드 웜 킹을 퇴치하라(중급) — 성공!

그런데 사막에서의 혈투 이후, 나는 예기치 못하게 또 하나의 퀘스트까지 달성했다.

퀘스트5: 레비교의 신관을 30명 제거하라(중급) — 성공!

실제로 내가 추가로 죽인 신관은 한 명도 없었다.

하지만 루니아가 죽인 신관이나 박 소위의 부하들이 죽인 신관까지 카운트로 계산해 준 모양이다.

그것은 기대 이상의 성과였다.

"이걸 가지고 뭘 더 높여야 할까……."

나는 뱅가드의 최고급 호텔이라는 아르카디아 호텔의 로열 스위트룸에 홀로 누워 있었다.

그리고 자신의 스탯창을 천천히 살피며 고민했다.

퀘스트의 성공.

그리고 보상.

하지만 이미 가지고 있던 모든 각인 능력을 최상급까지 올려 버렸다.

'이제는 정말 다른 스탯을 높일 때가 온 건가?'

나는 기본 스탯창과 특수 스탯창을 번갈아 보며 생각했다.

하지만 수용소에서 최초의 퀘스트 성공 보상을 날려 버린 이후, 각인이 아닌 다른 것에 보상을 투자하는 것이 본능적으로 꺼려졌다.

물론 지금은 스텟을 선택하는 것도 가치가 있을 것이다.

물론 오러 같은 특수 능력을 높이는 건 여전히 가치가 적다. 처음에 비해서 느려지긴 했지만, 아직도 내 노력 여하에 따라 충분히 높일 수 있으니까.

하지만 기본 능력은 고려의 여지가 있었다.

특히 내구력과 정신력이.

레벨이 오를 때마다 쑥쑥 오르는 근력과 체력과는 달리, 내구력은 상승 폭이 상대적으로 적었다.

심지어 정신력은 이제 레벨 업을 해도 오르지 않는다. 나는 99에서 멈춰 버린 정신력 스텟을 보며 의식을 집중했다.

[정신력 — 지능, 인내력, 분석력, 판단력, 창조성 등 모든 정신이 가진 힘의 종합 능력]

'만약 정신력 스텟이 한 번에 10이 오른다면… 나는 무엇이 얼마나 달라질까?'

지금까지 정신력은 항상 점진적으로 성장했다. 때문에 근력이나 체력처럼 눈에 보이는 성과로 판단할 수 없었다.

물론 내구력은 쉽게 판단할 수 있을 것이다.

[내구력 — 육체가 외부의 충격에 저항할 수 있는 능력. 다양

한 특수 능력으로 강화된 수치가 그대로 표시된다.]

현재 나의 내구력 최대치는 172다.

1레벨일 때 14 정도였던 것을 떠올리면, 레벨이 오를 때마다 평균적으로 11 정도의 스텟이 상승했다.

반대로 17이었던 근력은 273까지 성장했다. 이쪽은 레벨당 18 정도가 오른 셈이다.

'이렇게 계산하니 아주 큰 차이는 아니군. 만약 내구력에 퀘스트의 보상을 투자하면… 내구력만 1레벨 정도 오른 셈이 되나?'

하지만 내구력은 그 자체로 목숨과 직결된다. 투자해도 나쁠 건 없었다.

나는 한동안 고민하다 결국 한 가지 결론에 도달하며 고개를 저었다.

'내구력만 따로 높이는 건 좋지 않다. 다른 사람이라면 상관없겠지만… 나는 곤란해. 여차할 때 자살하는 게 힘들어질 수도 있다.'

결국 내가 선택할 수 있는 최선의 길은 하나뿐이었다.

또 다른 각인 능력.

당장 각인당에 가서 추가적으로 받을 수 있는 각인은 두 종류였다.

맵온(MAP—ON).

그리고 감정.

맵온은 말 그대로 가상의 지도를 눈앞에 띄우는 능력이다.

처음에는 그저 지도를 들고 다니는 불편함을 없애는 정도라고 생각했다.

하지만 지도 제작자들이 매일같이 맵온의 지도를 업데이트한다고 한다. 정확히 어떤 개념인지는 아직 모르지만, 어쨌든 실생활에 유용하게 쓸 수 있을 것이다.

'하지만 정말 중요한 건 상급부터지.'

나는 입술을 혀로 핥으며 생각했다.

모든 각인 능력은 중급까지밖에 받을 수 없다.

그래서 상급 이후에는 어떤 특수한 능력이 새롭게 발현되는지 알려져 있지 않다.

맵온도 중급까지는 일상적인 지도를 보는 능력일 것이다.

하지만 상급부터는 어떻게 될까?

'지도에 뭔가 특별한 것이 표시되는 건가? 예를 들어… 금광이라든가? 혹은 위험한 몬스터가 출몰하는 곳이라든가?'

나는 다양한 상상의 나래를 펼치며 혼자 시시덕거렸다.

그리고 또 하나의 각인인 감정.

이것에 대해서는 자세한 설명을 듣지 못했다.

하지만 이름만 봐서는 물건을 감정하는 능력일 것이다.

'하지만 난 지금도 스캐닝을 통해 물건을 감정할 수 있다. 정확히는 감정이 아니라 효과지만… 뭔가 차이가 있는 걸까?

만약 차이가 없다면 내 최상급 스캐닝의 가치가 그만큼 줄어든다는 건데……'

나는 꼬리에 꼬리를 무는 호기심을 접으며 그대로 천천히 눈을 감았다.

어차피 내일이면 알게 될 것이다.

이곳은 내곽 도시의 C구역이다. 같은 구역에 있는 중급 각인당까지 걸어서 갈 수 있을 정도로 가까웠다.

하지만 나는 정작 새롭게 생긴 네 번째 퀘스트에 대한 생각으로 쉽게 잠을 이루지 못했다.

퀘스트4 — 5대 정령왕 중 하나의 힘을 얻어라(상급)

*   *   *

이른 아침, 나를 포함한 동료 전원이 한자리에 모여 크로니클사의 직원이 되는 계약서에 서명했다.

"이로써 빅터, 커티스, 스네이크아이, 도미닉, 빅맨 다섯 분은 저희 크로니클사의 가족이 되셨습니다. 진심으로 축하드립니다."

서류 작업을 담당한 것은 마리아였다.

그녀는 회장의 비서단에서도 가장 높은 비서실장이었다. 당연히 이런 일을 직접 하지 않는 위치지만, 특별히 뻐기지 않고 싹싹하게 우리들을 대해주었다.

"여러분들이 소속되는 부서는 사내 보안 팀입니다. 하지만 실제로 맡는 회사의 업무는 없습니다."

"그럼 왜 이런 계약서를 쓴 겁니까?"

커티스가 물었다. 마리아는 빙긋 웃으며 대답했다.

"물론 원활한 지원을 위해서입니다."

"지원?"

"회장님은 여러분들에게 가능한 모든 것을 지원해 주라 말씀하셨습니다. 지금부터 여러분들께는 기본 급여가 지급됩니다. 물론 활동하실 때 추가적으로 필요한 비용이 생긴다면 업무 추진비가 나오니 걱정 말고 사용하시기 바랍니다."

"활동이라니… 우리가 무슨 활동을 하는지 알고는 있는 건가?"

"모릅니다."

마리아는 고개를 저었다.

"여러분들을 담당하시는 건 이곳에 계신 문주한 실장님이십니다."

"실장님?"

"문 실장님은 크로니클사의 회장 직속 부속실의 실장으로 임명되셨습니다. 주요 업무는 회사 기밀상 비밀이며, 오직 회장님에게만 보고하고 책임을 지도록 되어 있습니다. 아, 그리고 추가적으로 말씀드리면……."

마리아는 귀여운 표정으로 동료들을 둘러보며 말했다.

"제 나이는 올해로 마흔다섯 살입니다. 혹시 저보다 나이가 어린 분이 있으시다면 가급적 경칭을 붙여주시기 바랍니다."

"마흔다섯? 정말인가?"

모두가 순간적으로 당황했다.

나도 마찬가지였다. 그녀의 외모는 기껏해야 20대 초반으로밖에 보이지 않았다.

"제가 좀 어려 보이죠? 부러우시다면 여러분들도 열심히 오러를 수련하세요. 젊은 나이에 높은 성취를 이룰수록 노화가 늦춰진답니다. 그럼……."

마리아는 가볍게 인사를 하며 우리가 모여 있던 호텔 방을 나섰다.

모두가 한참 동안 말문을 잃은 와중에 도미닉 혼자서 킬킬거리며 계약 서류를 만지작거리기 시작했다.

"지구에서 약이나 팔던 갱단 똘마니가 출세했군. 설마 이런 대기업의 정직원이 될 줄이야……."

*　　　　*　　　　*

계약서를 쓴 다음, 나는 동료들과 함께 내곽 도시에 있는 중급 각인당을 찾았다.

"저기… 당신들 사이에 뭔가 엄청난 일들이 벌어지고 있는 건 알겠는데 말이야."

이번에는 마무사도 함께였다. 그는 우리가 나온 호텔을 자꾸 뒤돌아보며 말했다.

"지금 저 호텔 통째로 빌린 게 어딘지는 알지? 대체 크로니클과 무슨 관계야?"

"통째로 빌린 게 아니라 맨 위의 세 층만 빌렸습니다. 그리고 어쩌다 보니 밀접한 관계가 생겼군요."

"어쩌다 보니 밀접한? 아니, 지금 그걸 말이라고……."

"자세한 건 나중에 돌아가서 설명해 드리겠습니다."

나는 마무사의 말을 끊으며 물었다.

"그보다 투기장이나 랜드픽 쪽의 동향은 어떻습니까?"

"쳇, 말 돌리긴. 나중에 꼭 말해줘야 해? 그리고 그쪽은 일단……."

마무사는 인파로 꽉 찬 거리를 살피며 말했다.

"당신들이 사막으로 떠난 다음에 이야기가 좀 많이 있었어."

"어떤 이야기 말입니까?"

"투기장에서 노골적으로 당신들 뒤를 캐고 다니더라. 윗선에서 명령이 떨어졌대. 나한테도 몇 명 붙어서 이것저것 물어보더라고."

"당신에게도요?"

"응. 나는 가이드로 안내 몇 번 해줬다고 했는데… 걱정 마. 쓸 만한 이야기는 전혀 안 했으니까. 그보다 어떻게 할 거야?

아무래도 그쪽 윗대가리에게 찍힌 것 같은데. 앞으로 보복하지 않을까?"

"보복이라면 이미 강렬하게 당했습니다."

나는 사막에서의 전투를 떠올리며 치를 떨었다.

"어쨌든 알겠습니다. 계속 수고해 주세요. 정기 보고는 밤에 받도록 하겠습니다."

"그래. 기왕 월급도 받는 거… 문서로 쫙 뽑아서 보내줄게, 기대하라고."

마무사는 손을 흔들며 인파 속으로 사라졌다.

그리고 나는 다른 동료들과 함께 새로운 각인을 받기 위해 각인당의 문을 열었다.

양손 가득 돈주머니를 들고 있는 동료들의 표정은 기대와 걱정으로 가득 차 있었다.

· 34장 ·
초월체

각인사의 징표(하급) — 무료
언어의 각인(중급) — 2,000씰
스캐닝의 각인(중급) — 6,000씰
맵온의 각인(중급) — 11,500씰
감정의 각인(중급) — 30,000씰(현재 품절)

이것이 중급 각인당의 가격표다.

우선 나를 제외한 여섯 명의 동료 모두가 중급 언어의 각인을 받았다.

전원이 하급 언어의 각인을 받은 상태였기 때문에 각인당은 개인당 100씰의 차액을 돌려주었다.

이것으로 11,400씰이 나갔다.

그리고 마찬가지로 나를 제외한 전원이 중급 스캐닝의 각인을 받았다.

이것으로 36,000씰이 나갔다.

여기까지 오자 동료들의 표정이 미묘하게 경직되었다.

마지막으로 나를 포함한 전원의 중급 맵온의 각인료를 지불하려는 찰나, 램지가 내 손을 움켜쥐며 제지했다.

"잠시 기다리게, 주한. 이미 돈을 너무 많이 쓴 게 아닌가? 이 맵온이라는 각인은 한 사람당 11,500씰이나 하는데, 이걸 우리 일곱 명 전원이 받는다면……."

나는 즉시 대답했다.

"80,500씰입니다."

"너무 많아!"

램지는 버럭 소리친 다음, 생글생글 웃고 있는 각인당의 직원을 힐끔 쳐다보았다.

"…오늘은 이만 됐네. 맵온은 자네만 받는 게 좋겠어."

"돈 걱정이라면 하실 필요 없습니다. 아침에 말씀드렸다시피 강력한 후원자가 생겼으니까요."

"물론 자네들이라면 판공비로 빠질지 몰라도… 나는 그 회사 직원도 아니지 않은가? 지금도 얹혀사는 꼴인데, 내게 너무 많은 돈을 쓸 필요는 없네."

"아, 램지 씨도 곧 크로니클사에 들어가게 될 겁니다. 회사의 상담 역입니다. 이쪽은 이사단의 승인이 필요해서 약간 늦어진다고 하더군요."

나는 한쪽 어깨를 으쓱이며 램지를 안심시켰다.

"그러니 부담 가지실 필요 없습니다. 그리고 회사 돈을 안 쓰더라도 이미 저희들이 번 돈도 엄청납니다. 당장은 샌드 웜의 이빨 가격이 폭락해서 값이 오를 때까지 모아놓은 걸 안 팔고 있지만……."

"아니, 영감의 말이 맞아."

그러자 빅터가 옆으로 붙으며 말했다.

"오늘은 이만하는 게 좋겠어. 당장 새로 생긴 각인 능력에 적응할 시간도 필요하고 말이야. 솔직히 지금도 꽤 부담스럽거든."

"그렇게까지 말하신다면……."

나는 새로 지불하기 위해 카운터에 올려놓은 돈주머니들을 아래로 내렸다.

"알겠습니다. 맵온의 각인은 일단 저만 받도록 하죠."

"써보고 감상이나 말해줘. 머릿속에 내비게이션을 달고 사는 기분 말이야."

빅터는 씩 웃으며 뒤로 물러났다.

나는 11,500씰만 추가로 계산하며 안쪽의 방으로 걸어 들어갔다.

그 때문에 오늘 하루 지출한 돈이 58,900씰이 되었다.

물론 엄청난 돈이다.

나의 이 엄청난 지름에 빅터나 램지가 당황한 것도 이해할 수 있다.

하지만 투기장에서 내가 타낸 배당금만 이미 110,000씰이 넘는다.

그리고 크로니클사의 대표이사가 된 박 소위의 재력은 지금까지 우리가 번 돈 따위는 호주머니의 용돈조차 안 될 만큼 경이로운 수준이다.

그렇기 때문에 지금부터 돈으로 해결할 수 있는 것은 모조리 돈으로 해결해야 한다.

그래야 돈으로도 해결할 수 없는 문제에 집중할 수 있을 테니까.

*　　　*　　　*

결과적으로 말하면 나는 맵온의 각인과 감정의 각인 중에 한 가지를 고민할 필요가 없었다.

"본 각인당에서 감정의 각인을 부여하던 각인사 분은 현재 각인 횟수를 전부 소모하신 관계로 소속된 신전으로 돌아가셨습니다. 대단히 죄송합니다."

각인당의 직원은 그렇게 사과했다.

덕분에 내가 세 번째로 높일 각인은 맵온으로 결정되었다.

'어차피 감정의 각인사가 있었다 해도 맵온을 선택했겠지만……'

나는 동료들과 함께 호텔로 돌아가며 생각했다.

감정의 각인은 내가 예상했던 것과는 많은 차이가 있었다.

일단 하급 감정의 각인을 받으면 원하는 물건의 '감정가'를 확인하는 능력이 생긴다.

예를 들어 상점에 들어가서 이 능력을 사용하면 가격표를 보거나 종업원에게 묻지 않고서도 제품의 가격을 확인할 수 있다.

거의 쓰레기 같은 능력이라 할 수 있다.

심지어 '감정사'라는 자들이 업데이트한 가격만 표시된다.

덕분에 잘 알려지지 않은 상점, 혹은 유명하지 않은 상품을 감정하면 가격 자체가 뜨지 않는 경우가 많다고 한다.

예를 들어 시골 마을의 대장간에 가서 대장장이가 만든 수제 나이프를 감정하면 아무런 정보도 나오지 않는다.

그나마 중급이 되면 조금 나아진다.

중급부터는 감정의 각인 자체가 기록되지 않는 물건들의 잠정적인 가격을 유추해 낸다고 한다.

이제는 시골 마을의 대장장이가 만든 나이프를 감정하면 각인 능력 자체가 물건의 가치를 측정해서 가격을 알려준다.

하지만 그렇다 해도 여전히 불필요한 능력이다.

가격은 상점 주인에게 물어보면 된다. 만약 예상보다 너무 비싸면 안 사면 그만이다.

나는 이런 능력이 어째서 다른 모든 각인 능력 중에 가장 고가인지 이해할 수 없었다.

"감정의 각인은 가장 최근에 발생한 각인 능력입니다. 덕분에 이것을 부여할 수 있는 각인사의 숫자가 매우 적습니다. 또한 사물의 가치를 매긴다는 것에서 많은 '호사가'분들이 좋아해 주시는 것 같습니다."

각인당의 직원은 그렇게 설명했다.

말하자면 희소성이 있으며 부자들의 취미 활동에 도움이 된다는 것이다.

물론 나는 여기서 그 어떤 의미도 찾을 수 없었다.

직원은 해당 각인사가 돌아오면 가장 먼저 예약을 잡아준다고 약속했다. 나는 알았다고 하면서도 별다른 기대를 하지 않았다.

그에 비해 맵온의 각인은 말 그대로 유용함 그 자체였다.

*　　　　*　　　　*

눈앞에 지도가 펼쳐진다.

맵온을 연 순간, 나는 나를 중심으로 사방의 수십 키로가 표시된 거대한 지도 앞에 서 있었다.

심지어 지도를 넓히거나 줄일 수도 있다.

시간만 투자하면 레비그라스 전역을 천천히 둘러볼 수도 있다.

지도에는 레비그라스의 문자로 다양한 지명이 표시되어 있었다.

심지어 이름뿐만 아니라 설명까지 적혀 있다.

아르카디아 호텔 ― 뱅가드에 1, 2위를 다투는 최고급 호텔. 직원들의 친절함과 서비스는 업계 최상이며 객실의 가구와 침구류의 상태 또한 비할 바 없다. 단점은 업계 최고 수준인 숙박비. 일반 싱글베드 객실의 1박 가격이⋯⋯.

중급 각인부터는 이런 식으로 상세한 설명까지 표시되어 있다.

"대단하군⋯⋯."

나는 호텔 주변에 있는 모든 건물에 표시된 설명을 읽으며 진심으로 감탄했다.

맵온은 정말 훌륭한 능력이다.

이것만 있으면 레비그라스의 전 세계를 여행하더라도 길 때문에 헤맬 염려는 없다.

특히 나처럼 자신의 세계가 아닌 전혀 새로운 차원에 적응하는 사람에겐 더할 나위 없이 좋은 능력이다.

"나와 도미닉이 함께 쓰는 방도 참 좋다고 생각했네. 그런데 여기와는 비교가 안 되는군."

램지가 방을 둘러보며 말했다. 나는 지도를 켜놓은 채 침대에 걸터앉으며 대답했다.

"혼자만 이런 방을 써서 죄송합니다. 글라시스 회장이 따로 정해준 바람에……."

"아니, 아니야. 그냥 놀라서 해본 소리네. 이런 걸 보면 레비그라스는 생각보다 많이 발전한 것 같군."

램지는 고개를 저으며 벽에 걸린 대형 차원경과 벽시계를 번갈아 보았다.

"정말 다양한 것들이 우리 세계와 흡사해. 과정은 전혀 다르지만 결과물은 비슷하다는 게 신기하네. 여기 이 시계는 마법으로 가는 건가?"

"태엽 시계입니다. 아침에 룸서비스가 와서 태엽을 감더군요."

"태엽인가… 그렇군."

램지는 고개를 끄덕이며 날 돌아보았다.

"그런데 왜 날 부른 건가? 무언가 할 이야기라도 있나?"

"별다른 일은 아닙니다. 그런데……."

나는 램지를 스캐닝하며 깜짝 놀랐다.

"대단하군요. 오러 수련은 어떻게 되고 있냐고 물으려고 했습니다만."

"음? 내 오러가 어땠는데?"

"직접 확인해 보십시오."

나는 웃으며 손바닥을 내보였다.

램지는 익숙하지 않은 표정으로 자신의 몸을 스캐닝하기 시작했다.

"이거… 이렇게 하는 거였나? 오! 이제 나오는군. 어디… 21?"

"네, 21입니다."

나는 고개를 끄덕였다.

다른 동료들과는 달리 램지는 밸런스 소드 클랜에서 수련을 받지 않았다.

그리고 사막에 따라나서 함께 샌드 웜을 잡지도 않았다.

그는 오직 혼자 명상 수련만으로 21이라는 오러를 쌓은 것이다.

"호오… 사실 무언가 느낌이 있긴 했네. 하지만 그동안 이만큼이나 쌓인 줄은 몰랐군."

램지는 스스로가 기특하다는 얼굴로 고개를 끄덕였다.

역시 정신력이 높은 인간에겐 명상 수련이 최고인 것 같다.

최근에는 특히 근처에 내가 없었기 때문에 더욱 온전하게 주변의 마나를 빨아들였을 것이다.

"앞으로 조금만 더 쌓으면 기본 스텟이 오를 겁니다. 어쩌면 다른 동료들보다 더 빠르게 강해질지도 모르겠는데요?"

"하하, 그럴 리가… 아무튼 몸이 강해지는 건 환영이네. 그러면 이 지긋지긋한 관절통도 사라지려나?"

테이블에 앉은 램지는 주먹으로 무릎을 두드리며 너스레를 떨었다.

나는 가볍게 웃으며 침대에 몸을 눕혔다.

"조금 이따가 제가 의식을 잃을지 모릅니다. 그렇게 되면 다른 동료들에게 알려주세요."

"의식을 잃어? 아, 혹시 저번처럼 말인가? 그 번개?"

나는 눈을 감으며 고개를 끄덕였다.

"지금까지와 비슷한 패턴이라면… 하루나 이틀 후에 깨어날 겁니다. 글라시스 회장이 찾아오면 전에도 가끔 이랬다며 걱정할 필요 없다고 말해주십시오."

그러고 나서 나는 곧바로 스탯창을 열었다.

중요한 건 퀘스트였다.

퀘스트1: 회귀의 반지를 파괴하라(최상급)

퀘스트2: 신성제국을 무너뜨려라(최상급)

퀘스트3: 레비교의 대신전을 파괴하라(상급)

퀘스트4: 5대 정령왕 중 하나의 힘을 얻어라(상급)

퀘스트5: 레비교의 신관을 30명 제거하라(중급) - 성공!

퀘스트6: 샌드 웜 킹을 퇴치하라(중급) - 성공!

새로 생긴 네 번째 퀘스트가 여전히 마음에 걸렸다.

하지만 지금은 성공한 퀘스트의 보상이 먼저였다.

나는 다섯 번째 퀘스트의 성공 보상으로 새로 얻은 중급 맵온의 등급을 높였다.

그다음으로 새로 업그레이드된 맵온 능력에 의식을 집중해 설명을 띄웠다.

[맵온(상급) — 맵온의 각인의 상급 단계. 지도상에 소유자와 같은 종족의 숫자가 표시된다.]

"응? 뭐라고?"

"왜 그러나, 주한?"

램지가 곧바로 반응했다. 나는 괜찮다는 듯 손을 흔들며 생각했다.

'같은 종족의 숫자? 그게 대체 무슨 소리지?'

나는 테스트를 할 겸 곧바로 맵온을 발동시켰다.

그러자 새빨갛게 도배된 지도가 눈앞에 떠올랐다.

'헛……'

속으로 절로 신음 소리가 나왔다.

처음에는 이게 대체 무슨 상황인지 이해할 수 없었다.

그러다 조금씩 깨달았다.

지도에 새로 표시된 '붉은색'은 바로 그곳에 살고 있는 인간이다.

나와 같은 종족.

초월체 93

나는 지도를 넓게 키워 뱅가드 전체가 보이도록 만들었다.
그러자 뱅가드의 위에 숫자가 표시되었다.

516,876

이것이 바로 현재 뱅가드에 살고 있는 인간의 숫자였다.
'대단한데…….'
진심으로 감탄했다.
그것은 매우 신비한 감각이었다.
마치 신이라도 된 것처럼 하늘 높은 곳에서 단숨에 인간들
의 숫자를 실시간으로 파악하고 있다.
나는 지도를 이리저리 돌리며 수많은 도시와 국가의 인구
를 확인했다.
그저 숫자를 세는 것뿐인데 아무리 해도 질리지 않는다.
어째서일까?
나는 마지막으로 지도를 옆으로 돌려 신성제국의 영토를
확인했다.
신성제국의 영토는 매우 복잡하게 흩어져 있어 한 번에 모
두를 인식하기 힘들었다.
하지만 기어이 계산을 끝내고 숫자를 더했다.
신성제국의 인구는 대략 3,100만이 넘는다.
그리고 자유 진영은 3,400만 정도였다.

그 밖에 맵온에 지명이 표시가 안 된 제3지대의 인간이 350만 명 정도 된다.

결국 레비그라스 차원의 총인구는 6,850만 명 정도였다.

이 작업을 하는 것만으로도 한 시간이 훌쩍 지나갔다. 나는 갈증을 느끼며 침대에서 몸을 일으켰다.

"오, 이번엔 기절하지 않는 건가? 무슨 일인지는 잘 모르겠지만 말이네."

그사이, 테이블에서 독서를 하던 램지가 넌지시 물었다. 나는 긴 한숨을 내쉬며 물 잔을 들었다.

"아직입니다. 하지만 조금 이따가 의식을 잃을 것 같습니다."

"대체 뭘 하기에… 어쨌든 알겠네. 그런데 얼굴이 피곤해 보이는군. 혹시 명상 수련을 한 건가?"

나는 고개를 저으며 다시 침대에 누웠다.

고작 한 시간 동안 레비그라스 차원 전체의 지도를 둘러보며 인구를 계산했으니 피곤할 만도 하다.

'지도상에 있는 모든 도시와 지역과 국가 인구의 실시간 숫자 파악… 당장 쓸모는 없겠지만 엄청난 능력이다. 만약 전쟁이라도 나면 적군의 규모를 단숨에 파악할 수 있겠군.'

반대로 지도를 아주 작게 축약하면 바로 이 호텔 안에 몇 사람의 투숙객이 있는지도 알아낼 수 있다.

나는 능력의 다양한 활용법을 떠올리며 다시 한 번 스텟창을 열었다.

역시 상급부터는 차원이 다르다.

그렇다면 최상급은 어떨까?

나는 곧바로 마지막 퀘스트의 보상을 진행했다.

[맵온(상급)을 맵온(최상급)으로 등급을 높입니다. 최상급 등급에 도달했으므로 이 능력은 '초월' 항목으로 넘어갑니다.]

나는 눈앞의 떠오른 문장을 읽으며 마른침을 삼켰다.

이제 곧 하늘에서 번개가 떨어질 것이다.

'내 바로 위층에 박 소위가 있는데… 그럼 위층에 있는 사람들도 번개를 목격할까? 아니면 하늘에서 떨어지는 게 아니라 그냥 내가 있는 공간의 천장에서 떨어지는 건가?'

그것을 확인하기 위해선 사방이 확 트인 야외에서 각인 능력을 최상급으로 높여야 할 것이다.

물론 쓸데없는 생각이었다.

번개가 어디에서 떨어지는지는 아무래도 상관없다.

중요한 건 새롭게 생길 초월 능력뿐.

'하지만 당장은 확인할 수 없겠지. 일단 번개를 맞고 기절한 다음에 깨어나면 새로운 설명문이 뜨니까……'

나는 마음의 각오를 다지며 번개를 기다렸다.

그렇게 30초가 지나고 다시 1분이 지났다.

하지만 번개는 떨어지지 않았다.

대신 눈앞에 새로운 설명문이 떠오르기 시작했다.

[초월 능력 '맵온(최상급)'을 획득한 것을 축하한다.]
[초월 능력은 초월체가 인간에게 직접 내리는 각인 능력이다.]
[지금부터 협약에 따라 초월체와의 접촉을 시작한다.]

'뭐? 접촉?'

나는 눈을 뜨며 주위를 살폈다.

무언가 다르다.

하지만 정확히 뭐가 다른지는 알 수 없었다. 나는 테이블에 앉아 있는 램지를 향해 물었다.

"램지 씨? 지금 뭔가 이상해지지 않았습니까? 방의 분위기가……."

하지만 램지는 대답하지 않았다.

그리고 꼼짝도 하지 않았다.

"뭐지, 이건……."

나는 침대에서 일어나며 주위를 살폈다.

램지는 물론이고 벽에 붙어 있는 시계까지 멈춰 있다.

나는 곧바로 창밖을 내려다 살폈다.

도로를 걷고 있던 수많은 인간 모두 움직임을 멈춘 채 정지해 있다.

세상이 멈춰 버렸다.

완전히 멈춰 버린 세상에서 오직 나만이 의식을 가지고 움직이고 있다.

그리고 그 순간.

우웅…….

방금 전까지 내가 누워 있던 침대 위의 공간이 일그러지기 시작했다.

나는 즉시 반대편 벽에 등을 맞대며 허리에 꽂아둔 헌터 나이프를 뽑아 들었다.

그리고 일그러진 공간을 향해 소리쳤다.

"뭐지? 대체 누구냐!"

그러자 공간에서 빛이 새어 나오며 목소리가 들렸다.

─인계에 강림하는 건 오랜만이군.

그 순간, 나는 쥐고 있던 나이프마저 떨어뜨리며 몸을 움츠렸다.

'심장이…….'

단지 그것의 목소리를 들었을 뿐이다.

그것만으로도 심장이 죄여들며 몸을 제대로 가눌 수 없었다.

그리고 그것이 말했다.

─나는 초월체의 의지다.

"…뭐?"

─그대들이 신이라 부르는 개념의 일부이며, 최초의 본질에서 벗어나 인계의 흐름에 간섭하여 의미를 얻은 존재의 흐름

이다.

그것은 이해하기 힘든 말이었다.

느낌은 정령의 목소리와 비슷했다. 하지만 비교할 수 없는 위압감과 장엄함에 압도되었다.

나는 몸의 균형을 가까스로 유지하며 그것에게 물었다.

"그럼 당신이 바로… 신입니까? 레비그라스 차원의 신? 빛이 나는 걸 보면… 빛의 신 레비?"

―내가 맡은 본질은 빛이 아니다.

그것은 부정했다.

―나는 시간과 공간 그 자체. 그것도 의식을 가진 존재가 그것을 경험함으로써 획득하는 의미의 집합이다.

"그렇다면… 시공간의 신 크로아크?"

시공간의 신이라면 전에 마무사에게 들은 적이 있다.

그것은 잠시 침묵하다 긍정과 비슷한 의미를 전달했다.

―그것은 이곳 차원에 살고 있는 의지들이 내게 덮은 껍질이다. 그러나 초월한 자여. 본질적으로 우리와 가까워진 너는 우리를 신이라 부를 필요가 없다.

"그렇다면… 아니……."

나는 눈을 질끈 감으며 고개를 숙였다.

지금 대화하고 있는 신의 말투를 빌리자면 지금 나의 '본질적'인 무언가가 고통받고 있다.

―고통스러운가? 그것은 그대가 초월하였기 때문에 느낄

수 있는 고통이다. 내 의지를 그대의 언어로 바꿔 이해하는 것도 마찬가지다. 시간은 멈춰 있으나 본질은 영원하다. 그러나 그것은 인식하는 자가 있을 때 유효하다. 나는 '세 번째'로 이 단계에 도달한 그대에게 정해진 설명을 하고 돌아가겠다.

제발 빨리 좀 돌아가 주십시오.

나는 차마 그렇게 말하려는 걸 참으며 억지로 입술을 깨물었다.

─그대는 이제 네 개의 초월 능력을 획득했다. 그것은 나를 포함하여 우리의 뜻에 동참한 모든 초월체의 '협약'에 따라 내려진 힘이다.

"그렇다면… 퀘스트를 준 게 바로……."

─우리다. 단 하나를 제외한 모든 초월체는 하나로 힘을 합치고 있다.

단 하나의 예외.

그것은 물어볼 것도 없었다. 나는 두 번째와 세 번째 퀘스트를 떠올리며 말했다.

"빛의 신 레비… 그 혼자 당신들과 다른 존재입니까?"

─본질은 같다. 하지만 빛은 본질 너머를 추구한다.

"그렇다면 당신이… 회귀의 반지를 만들었습니까?"

─그것은 우리의 공통된 의지를 받은 자들이 힘을 모아 만들었다. 강력한 희망이자 최후의 희망이다.

"무엇에 대한… 희망입니까?"

─생존이다.

순간 온 세상이 검게 물들었다.

─그대는 아직 부족하다. 하지만 알게 될 것이다. 나는 우리에게 허락된 이 유일한 시간을 사용하여 그대에게 경고한다.

나는 고통에 몸서리치며 가까스로 물었다.

"저는 대체… 무엇을 하면……."

─하고 싶은 것을 하라.

"…네?"

─자신이 원하는 것, 희망, 꿈, 바뀐 미래. 그것을 달성하기 위해 전념하라. 그것이 바로 그대가 우리에게 선택된 이유다.

그와 동시에 일렁이는 공간에서 번개가 내리쳤다.

나를 향해.

그와 동시에 세상에 꽉 차 있던 어둠이 걷혔다.

"……."

나는 더 이상 한마디도 하지 못한 채, 그 자리에서 무릎을 꿇으며 쓰러졌다.

빠르게 흐려지는 의식 너머로 당황한 램지의 목소리가 들렸다.

"주한! 대체 뭐지? 분명히 방금 전까지 침대 위에 있었는데? 어떻게 여기 쓰러져 있는 건가! 그리고 방금 뭔가 번쩍였는데……."

의식을 회복한 건 사흘 후였다.

아무래도 초월 능력이 늘어날 때마다 번개를 맞고 기절하는 시간도 길어지는 것 같다.

나는 걱정하는 동료들과 박 소위를 안심시키며 초월체와 나눴던 대화를 떠올렸다.

'대화 자체는 난해했지만… 결국 핵심은 빛의 신 레비를 무너뜨리라는 말이다.'

신들끼리 서로 불화가 생긴 걸까?

물론 내 알 바는 아니다.

어차피 그런 물리적인 세계에서 벗어난 존재를 내 힘으로 제거할 수 있을 리는 없다.

그것을 알기 때문일까. 시공간의 신 역시 나보고 그저 원하는 일을 하라고 했다.

내 목적.

납치당한 지구인들이 귀환자가 되어 다시 지구로 돌아가는 것을 막는다.

어쩌면 이것을 성공하는 것 자체가 빛의 신을·무너뜨리는 길로 이어질지 모른다.

그렇다면 달라진 건 하나도 없다.

하지만 마음에 걸리는 게 있었다. 나는 초월체와의 대화에서 잊을 수 없는 한 문장을 떠올렸다.

—'세 번째'로 이 단계에 도달한 그대에게 정해진 설명을 하고 돌아가겠다.

세 번째라고 했다.

초월 능력 네 개를 얻어 초월체를 직접 대면한 인간이 내가 처음이 아니라는 말이다.

'그렇다면 레비그라스 차원에 초월자가 나 말고 두 사람이 더 있다는 건데… 이건 확실히 심각한 문제다.'

그들도 나처럼 초월체에게 직접 '퀘스트'를 받고 있을 것이다.

나 말고 두 사람 더.

그들은 적일까? 혹은 아군이 될 수 있을까?

"자, 준장님, 일단 이것부터 드십시오. 페리틱에서 공수해 온 특제 해초 수프입니다. 오래도록 금식을 한 신관들이 먹는 최고의 보양식이라고 합니다. 아, 그리고 이건 아홉 가지 약초를 넣고 끓인 위장약에 과일 향신료를 섞어 만든 특제 음료입니다. 사흘 동안 굶은 속을 보호하면서 맛도 훌륭할 겁니다. 그리고 이건……"

나는 호들갑을 떨며 손수 음식을 가져오는 박 소위를 바라보았다.

"박 소위… 괜찮으니 너무 열 낼 필요 없어. 뭐든 적당히 먹으면 된다."

"하지만 사흘입니다!"

박 소위는 순간 발끈하며 소리쳤다.

"…죄송합니다, 준장님. 어쨌든 사흘 동안이나 꼼짝도 안 하고 기절해 계셨단 말입니다. 아무것도 안 드시고요."

"전생의 나라면 심각한 문제였겠지."

나는 고개를 저으며 방을 살폈다.

"하지만 지금은 아니야. 그런데 다른 동료들은 어디 갔나?"

"제가 모두 돌려보냈습니다. 준장님이 기절해 있는 동안 꼼짝도 안 하고 방을 지키더군요. 블룸이 지키고 있어 그럴 필요가 없는데도 말입니다."

박 소위는 음료가 든 컵을 내밀며 말했다.

"솔직히 감탄했습니다. 역시 준장님이시군요. 충성스러운 부하를 새로 얻으신 것 같습니다."

"충성이라기보다는… 그냥 동료에 가깝지."

나는 음료를 마시며 고개를 저었다.

"모두 낯선 환경에서 같은 목표를 가지고 있었으니까. 수직보다는 수평에 가까운 관계다. 물론 선이 기울어 있긴 하지만."

"빅터와 커티스는 현직 군인인 것 같더군요. 음, 그런데 역시 그들에게 회귀의 반지를 사용한 걸 말씀하신 겁니까?"

나는 고개를 끄덕였다.

"맞아. 동료를 만들고 싶었거든."

"진실은 동료를 만들 때 쓰고, 거짓은 적을 속일 때 써라?"

"그래. 기억하고 있군."

나는 전생에 나눴던 박 소위와의 대화를 떠올리며 웃었다.

"처음부터 큰 기대를 한 건 아니었어. 그저 같은 지구인으로서 믿고 함께할 수 있는 동료가 필요했을 뿐이다. 하지만 지금은 저들에게도 무궁무진한 가능성이 있어."

"바로 그 지구인이니 말입니다."

박 소위도 납득하며 고개를 끄덕였다.

"오라나 기술을 습득하는 속도가 엄청나게 빠르다는 게 밝혀졌죠. 실제로도 최근에 괄목할 만한 성과가 있는 것 같더군요."

"맞아. 그런데……."

나는 테이블 위에 놓인 두툼한 서류를 바라보며 물었다.

"저건 뭔가? 아까 가지고 들어오던데."

"준장님이 쓰러져 계실 동안 제가 작전 계획서를 좀 만들어 왔습니다."

박 소위는 부리나케 서류를 들고 와 펼쳤다.

"이건 '지구인 무력화 작전'입니다."

"지구인 무력화? 어감이 안 좋은데?"

"…신성제국이 '지구인 소환 계획'이라고 하니 그걸 무력화하려고 붙인 겁니다. 음… 그런데 이제 보니 확실히 어감이 나쁘군요. 당장 새로운 걸로 바꾸도록 하겠습니다."

"아니, 그런 건 아무래도 상관없어."

나는 고개를 저으며 서류를 건네받았다.

"중요한 건 이름이 아니니까. 흠, 그러니까 이건……."

"작전의 핵심은 결국 수용소입니다."

박 소위는 서류를 몇 장 넘기며 말했다.

"준장님이 계셨던 수용소에서 북동쪽으로 약 200km쯤 위치한 곳에 또 다른 수용소가 있습니다. 바로 '일반 노예 전사'와 '상급 노예 전사'를 훈련시키는 수용소입니다."

"이곳인가……."

나는 서류에 표시된 지도를 보며 입술을 깨물었다.

"여긴 신성제국의 수도인 류브에서 그리 멀지 않은 곳입니다. 그만큼 작전을 오래 끌 경우 대규모의 적에게 포위당할 우려가 있습니다."

"작전의 기본은… 수용소를 습격해 그곳에 있는 신관들을 제거하는 거로군. 신성제국의 수도를 지키는 군대가 도착하기 전에 말이야."

"핵심은 세뇌 마법입니다."

박 소위는 서류에 표시된 '재교육―세뇌 마법'이라는 항목을 가리키며 말했다.

"보안 팀이 입수한 정보에 따르면 신성제국은 각성에 성공한 지구인 한 명당 세 명의 신관을 붙여서 세뇌를 진행하고 있다 합니다."

"지구인 한 명당 신관 세 명?"

박 소위는 고개를 끄덕였다.

"그만큼 세뇌 마법이 부담이 큰 마법이라는 거겠죠. 어쨌든 기습을 통해 세뇌 마법을 담당하는 신관들만 제거할 수 있다면 이미 각성에 성공한 지구인들과 함께 여기까지 퇴각하는 것도 가능하다 생각합니다. 그러니까……."

박 소위는 서류를 더 넘겨 보다 넓은 축적의 지도를 찾아냈다.

"맵온이 있으면 편할 텐데… 일단 수용소와 뱅가드 사이에 이 정도의 거리가 있습니다. 직선거리로 약 520㎞입니다. 또 한 번 사막을 횡단하거나 혹은 배편을 이용해야 하는데……."

"잠깐, 맵온이라면 나도 있어."

나는 부산스러운 박 소위를 진정시키며 눈앞에 맵온의 지도를 띄웠다.

"기절하기 직전에 각인당에 다녀왔지. 그런데 직원 말로는 신성제국의 영토는 자세한 설명이 안 뜬다던데……."

"맞습니다. 각자 주관하는 신전이 다르거든요. 같은 맵온이라 해도 서로 다른 지도를 보는 셈입니다. 반대로 신성제국에서 맵온의 각인을 받은 사람들은 저희 쪽의 설명이 뜨지 않겠죠. 단지 국가의 지도와 지형만 보일 뿐입니다."

"그런데……."

나는 눈살을 찌푸렸다.

기절하기 전에 확인했던 내 지도에는 인간을 표시하는 붉은색이 빽빽하게 칠해져 있었다.

하지만 지금은 붉은색이 완전히 사라졌다.

대신 조금 멀리 보자 뱅가드의 동쪽에 있는 사막 지형에 푸른 점이 듬성듬성 찍힌 것이 보였다.

'뭐지, 이건?'

나는 당황했다.

동시에 눈앞에 새로운 문장이 떠오르기 시작했다.

[초월 능력 '맵온(최상급)'을 획득한 것을 축하한다.]
[초월 능력은 초월체가 인간에게 직접 내리는 각인 능력이다.]
[지금부터 획득한 초월 능력에 대한 설명을 시작한다.]

꽹장히 뒤늦은 설명이었다. 나는 계속해서 떠오른 문장을 읽었다.

[맵온(최상급)은 직접 접촉한 적 있는 모든 생물을 지도에 표시할 수 있다.]

그걸로 끝이었다.

'접촉한 적 있는 모든 생물? 그게 무슨 소리지?'

나는 지도에 표시된 푸른 점을 좀 더 자세히 살폈다.

그러자 곧바로 점 위에 의식이 확장되며 새로운 문장이 떠올랐다.

[샌드 웜 성체 — 1]

'샌드 웜?'
나는 눈을 깜빡였다.
완벽히 이해할 때까지 10초의 시간이 필요했다.
그것은 바로 그 위치에 존재하는 샌드 웜을 표시한 것이다.
나는 마른침을 삼키며 지도를 축약했다. 그리고 사막 전체
에 떠 있는 수백 개의 푸른 점들에 의식을 집중했다.
그러자 새로운 문장이 떠올랐다.

[샌드 웜 성체 — 443]

뱅가드의 동쪽에 있는 사막에는 아직도 샌드 웜이 443마리
나 남아 있었다.

나는 눈을 크게 뜨며 마음속으로 생각했다.

'그럼 성체가 아닌 유체는?'

그러자 순간적으로 푸른 점이 사라지고, 이번에는 셀 수 없
을 정도로 무수한 보라색 점들이 떠올랐다.

[샌드 웜 유체 — 274,339]

"엄청나게 있구나……."

나는 탄식하며 중얼거렸다.

하지만 정말 엄청난 건 최상급 맵온의 능력이다.

나는 한동안 말을 잇지 못한 채 빽빽한 보라색 점들을 바라보았다.

그러자 박 소위가 조심스레 물었다.

"준장님? 뭔가 문제라도 있으십니까?"

"아… 아니, 계속하게. 새로운 각인 능력이 아직 적응이 안 돼서."

나는 손사래를 쳤다. 박 소위는 씩 웃으며 고개를 끄덕였다.

"맵온은 확실히 대단한 능력입니다. 저도, 아니, 제가 들어오기 전에 글라시스도 어린 시절에 상당히 흡족했던 기억이 나는군요."

"어린 시절이라……."

"어쨌든 문제는 수용소를 지키는 적의 총병력입니다. 이것은 신성제국에서도 워낙 극비로 다루고 있습니다. 크로니클의 정보력을 총동원해도 아직 알아내지 못했습니다. 하지만 걱정 마십시오. 앞으로 6개월 내에 대규모의 인력과 자금을 투자해서……."

"아, 그거라면 내가 알 수 있을 것 같아."

나는 박 소위의 말을 끊었다.

그리고 그가 알려준 지형에 의식을 집중하며 말했다.

"물론 얼마나 강한 놈들이 모여 있는지까지는 모르겠지. 하지만 일단 여기 집결해 있는 '인간'의 숫자는… 모두 2,150명이네. 아마도 납치당한 지구인까지 포함해서 말이야."

"네?"

박 소위는 어안이 벙벙한 얼굴로 날 바라보았다.

"그걸 대체 어떻게 알고 계십니까? 수용소에 계실 때 뭔가 정보를 들으셨습니까?"

"그건 아니야. 음……."

나는 잠시 고민했다.

박 소위에게 최상급 맵온이 가진 힘에 대해 완벽히 설명하려면 결국 내가 가진 다섯 개의 목숨까지 거슬러 올라가야 한다.

시공간의 축복.

과연 이것을 타인에게 말해도 되는 걸까?

물론 박 소위라면 절대적으로 믿을 수 있다.

하지만 이것은 신뢰의 문제가 아니었다. 나는 사흘 전에 접촉한 '초월체'를 떠올리며 그 사실만큼은 감춰야 한다고 생각했다.

하지만 나머지는 상관없다.

"박 소위, 나는 널 누구보다 신뢰하고 있어."

"감사합니다, 준장님. 저 역시 준장님을 완벽하게 신뢰합니다."

박 소위는 즉시 대답했다. 나는 고개를 끄덕이며 말했다.

"하지만 신뢰와 별개로 피치 못하게 말할 수 없는 정보가 있어. 미안하지만 그 점을 이해해 줬으면 좋겠군."

"물론입니다. 당연한 말씀입니다."

박 소위는 진지한 눈빛으로 대답했다.

"저는 준장님의 판단에 절대적으로 동의합니다. 그것이 무엇이든 간에 말입니다. 전생에 제가 끝까지 살아남은 건 모두 준장님의 판단과 명령에 따랐기 때문입니다."

"그때는 운도 많이 따랐지. 어쨌든 나는… 어떤 경위로 인해 일반적인 각인 능력을 '초월'하는 각인 능력을 가지게 되었다."

"초월한 각인 능력… 말씀입니까?"

박 소위는 이해가 가지 않는다는 얼굴로 눈을 깜빡였다.

그것은 당연한 반응이었다. 나는 쓴웃음을 지으며 좀 더 자세히 설명했다.

"그래. 나는 각인 능력을 새로 받으면 그 이상의 효과가 생겨. 그래서 맵온 역시 특별한 능력이 생겼네. 지도에 특정한 생물의 분포와 숫자를 표시할 수 있네."

그러자 박 소위는 10초 정도 침묵했다.

그리고 눈을 크게 뜨며 소리쳤다.

"그렇군요! 그래서 방금 수용소의 숫자가 2,150명이라고 하신 거군요!"

"이해했나?"

박 소위는 한 치의 의심도 없이 고개를 끄덕였다.

"물론입니다. 정말 대단하군요! 마치 신과 같은 능력이 아닙니까? 아, 그런데 방금 말씀대로라면 이걸 제게 알려주셔도 되는 겁니까? 비밀이라고 하시지 않았습니까?"

"비밀은 능력의 효과가 아닌, 그 능력을 어떻게 얻게 되었는지의 과정이다."

나는 고개를 저었다.

박 소위는 잠시 생각하다 알았다는 표정으로 대답했다.

"저도 글라시스의 기억이 있습니다. 대충 어떻게 된 건지는 알겠군요. 준장님의 맵온이 '상급'으로 올라가신 걸 테죠? 하지만 실제로 '상급' 각인 능력이 생긴 자들은 자신들이 어떻게 그 능력을 얻었는지 공개하지 않더군요. 그저 신의 축복이라고 말할 뿐입니다."

"신의 축복이라… 뭐, 그런 셈이지."

나는 짧게 대답하며 서류를 계속 넘겼다.

지금까지는 최종 목표에 대한 설명이었다면 뒷장에는 그것을 달성하기 위한 단기적인 계획이 나열되어 있었다.

나는 그중에 '문주한 단기 육성 계획'이라는 문장을 보며 자신도 모르게 실소했다.

"이건 무슨 계획인가? 날 키우려고?"

*   *   *

지구인 수용소의 해방.

이것은 국가 간의 전면전이 아니다.

소수 정예의 특공대를 수용소에 투입한 다음, 최대한 빠르게 목표를 달성하고 일사불란하게 퇴각해야 한다.

관건은 특공대의 전투력이었다.

"저도 최선을 다해 특공대의 대원을 확보하겠습니다. 멀티렌과 마리아는 어렵겠지만 블룸은 참전시킬 수 있습니다. 그 밖에도 손이 닿는 자들은 모조리 끌어들일 생각입니다. 하지만 역시 핵심은 준장님입니다."

박 소위는 마른침을 삼키며 설명했다.

"준장님도 아실 겁니다. 이건 기습 작전이자 섬멸 작전이며, 동시에 탈출 작전입니다. 작전 지역은 적국이며, 적의 군세는 특공대에 비하면 압도적으로 우세합니다. 그렇다면 이쪽도 최소한 3단계 소드 익스퍼트나 하이 위저드급의 강자가 필요합니다."

나는 즉시 동의했다.

"네 말이 맞아. 하지만 그 정도의 인재는 쉽게 끌어들이지 못하겠지?"

"힘은 써보겠습니다. 하지만 세상엔 돈과 권력만으로는 힘든 일도 있습니다."

"이해하네. 결국 내가 작전 전까지 3단계 소드 익스퍼트 이상이 되어야겠군."

박 소위는 고개를 끄덕이며 서류를 넘겼다.

"신관들이 얼마나 빠른 속도로 지구인들을 육성하는지는 확인된 정보가 없습니다. 하지만 디데이는 빠르면 빠를수록 좋을 겁니다. 저는 앞으로 2년이 한계라고 생각합니다. 2년 안에 3단계 소드 익스퍼트. 어떻게 생각하십니까?"

"2년이면 충분하고도 남아. 그보다도 내가 걱정하는 건 결국 그 이상이다."

"소드 익스퍼트 이상이라면……."

박 소위는 긴장된 얼굴로 말했다.

"소드 마스터 말입니까?"

"신성제국의 황제도 소드 마스터라고 하니까."

나는 고개를 끄덕였다. 박 소위는 씩 웃으며 고개를 저었다.

"수용소에 황제가 나타날 일은 없을 겁니다. 최근에 몸 상태가 좋지 않은 것 같으니까요."

"정보가 들어왔나?"

"직접적인 정보는 아닙니다. 하지만 제국 황제는 최근 몇 년간 공식 석상에 모습을 드러내지 않고 있습니다. 단순한 귀납법이죠."

"제발 안 싸우면 좋겠군. 실질적으로 레비그라스 차원의 최강자라고 하던데."

"대부분 그렇게 평가하고 있습니다. 저는 좀 다른 견해도 있지만……."

박 소위는 잠시 생각하다 고개를 저으며 말했다.

"지금은 그런 걸 따질 때가 아니겠죠. 어쨌든 준장님의 빠른 성장을 위해 크로니클이 동원할 수 있는 모든 자원을 투입

할 생각입니다."

"괜찮아. 수련이라면 나 혼자 알아서 할 수 있어."

"아, 물론 훈련은 준장님 개인의 몫입니다."

박 소위는 급하게 어감을 바꿨다.

"저는 단지 그걸 지원하려는 것뿐입니다. 예를 들면 지금까지 수련하면서 다양한 꿀과 포션을 사용하셨다고 말씀하지 않으셨습니까? 말하자면 그런 쪽에서 지원을 하려는 거니 너무 신경 쓰실 필요는 없습니다."

"그런 거라면 상관없지만……."

나는 전생의 박 소위를 떠올리며 쓴웃음을 지었다.

"재미있군. 확실히 전과는 많이 달라졌어."

"네? 무슨 말씀이십니까?"

"말솜씨가 늘었다고 할까? 과거의 너는 이렇게 상황에 따라 말투를 바꿔 유연하게 대처한다는 개념 자체가 없었지."

"아, 제가 그랬습니까?"

박 소위는 머리를 긁적이며 웃었다.

"아무래도 글라시스의 영향이 큰 것 같습니다. 이 남자는 이쪽 방면에서 최고의 자리에 오른 사람이었으니까요. 그런데 사실 준장님도 많이 달라지셨습니다."

"나는 뭐가 많이 달라졌나?"

"글쎄요. 전보다 훨씬 과감해지셨다고 할까요?"

그것은 내 귀에 '경솔해졌다'로 들렸다.

나는 고개를 저으며 가볍게 웃었다.

"동의하네. 직접 몸으로 싸울 수 있게 되었기 때문일까? 전생에는 그저 너희들에게 명령만 내리는 입장이었으니까."

"걱정 마십시오. 저는 개인적으로 준장님의 변화가 마음에 듭니다. 그보다도 당장 스케줄이 잡혀 있습니다만……."

박 소위는 손목에 찬 시계를 보며 조심스레 물었다.

"괜찮으시면 '강사'를 여기로 불러오려 합니다."

"강사?"

"아직 의식을 회복하신 지 얼마 안 되셨으니 첫날은 이론 수업이 좋을 것 같아서 강사를 불렀습니다."

"몸은 괜찮아. 오히려 힘이 넘친다고 할 수 있지."

나는 가볍게 기지개를 펴며 말했다.

번개를 맞고 기절한 이후엔 모든 스탯이 최대치까지 회복된다.

문제는 강사의 정체와 강의의 내용이었다.

"그런데 대체 무슨 강사를 부른 건가? 이것도 '문주한 육성 계획'의 일부인 건가?"

"그런 셈입니다. 어떻게 할까요?"

박 소위는 끝까지 내 의견을 물었다.

하지만 말하는 분위기를 볼 때, 강사라는 인간은 이미 이 호텔에 도착해 있을 것이다.

나는 짧게 한숨을 내쉬며 고개를 끄덕였다.

"어쩔 수 없지. 일단 불러오라고."

*　　　*　　　*

강사의 이름은 팔틱 오버소드였다.

그는 밸런스 소드 클랜의 '전' 클랜 마스터였다. 70살쯤 되어 보이는 수염이 하얗게 센 노인으로, 한눈에 봐도 '고수'의 풍모를 강렬하게 풍기고 있었다.

그리고 그런 팔틱과 함께 안면이 있는 남자도 들어왔다.

나는 코르시를 보며 반갑게 인사했다.

"어서 오십시오, 사범님. 한동안 찾아가지 못했는데 도장엔 별일 없습니까?"

"이제 저는 더 이상 그곳에서 일하지 않습니다."

코르시는 대단히 난감한 얼굴로 말했다.

"저는 이제 내곽 도시에 있는 뱅가드 총지부에 들어갔습니다. 그리고 뱅가드에 오신 장로님을 보좌하는 일을 맡았습니다. 엄청난 승진이라 할 수 있죠. 저희 클랜에서 주한 님과 친분이 있는 게 저뿐이라서요. 그러니 이게 모두 주한 님 덕분입니다."

"덕분입니까? 아니면 때문입니까?"

코르시는 한숨으로 대답했다. 그는 곧바로 팔틱을 보좌하며 의자에 앉았다.

"허허… 나는 이미 은퇴한 몸이라 보통은 이런 의뢰를 받아들이지 않네."

팔틱은 가만히 웃으며 말했다.

"그동안은 아무리 많은 돈을 싸들고 와도 전부 거절했네. 대신 클랜의 젊은 인재들을 추천해 줬지. 바로 여기 있는 코르시 사범처럼 말이야."

코르시는 화들짝 놀라며 고개를 저었다.

"화, 황송한 말씀입니다, 장로님. 저 따위가 어찌 감히……."

"허허, 그런데 말이네. 이번에는 도저히 거절할 수 없을 만큼 엄청난 돈을 제시하더군."

팔틱은 가느다란 눈으로 날 보며 말했다.

"나도 젊었을 때는 나름대로 전 세계를 누비며 다닌 몸이야. 그런데도 그만큼 많은 돈은 한 번도 본 적이 없었네."

그래서 정확히 얼마를 받으셨습니까?

나는 목구멍까지 올라온 말을 참으며 고개를 끄덕였다.

"저 역시 밸런스 소드 클랜의 전 마스터께서 이곳까지 직접 와주실 거라곤 꿈에도 생각하지 못했습니다. 진심으로 감사드립니다."

물론 나는 그가 누구인지, 어떤 삶을 살았는지, 어떤 실력을 가지고 있는지 전혀 모른다.

내가 알고 있는 건 그저 박 소위가 엄청난 돈을 주고 엄청난 인물을 불러왔다는 사실뿐이었다.

"이 돈을 거절하면 밸런스 소드 클랜에 큰 죄를 짓는 것 같더군. 그래서 받은 돈은 클랜에 기증하고 왔네. 아무튼 반갑네. 팔틱 오버소드라고 하네."

팔틱은 먼저 손을 내밀었다. 나는 그의 악수를 받으며 미소를 지었다.

"만나 뵙게 되어 영광입니다. 문주한이라고 합니다."

"이야기는 코르시에게 들었네. 자네가 우리 클랜 대신 복수를 해줬다고 하더군. 이미 클랜을 떠난 몸이지만 클랜을 대표해서 감사를 전하겠네."

"천만의 말씀이십니다. 저는 그저 제 할 일을 했을 뿐입니다."

"자신의 할 일에 충실한 것만으로 세상이 보다 좋아진다면… 그 사람은 실로 대인이라 할 수 있지."

팔틱은 붙잡은 손을 놓지 않은 채 내 얼굴을 응시했다.

나는 10초쯤 기다리다 조심스레 물었다.

"저… 마스터?"

"이제 난 클랜 마스터가 아니야. 그냥 이름으로 부르게. 아니면 장로라고 부르던가."

"…그럼 장로님, 괜찮으시면 이제 손을 놓아도 될까요?"

"아니, 잠시만 더 잡고 있지."

팔틱은 가만히 고개를 저었다.

"나는 스캐닝의 각인을 받지 않았네. 그 때문에 자네의 실력을 바로 알 수 없어. 그러니 귀찮더라도 조금만 더 참아주길 바라네."

"그럼 지금 이게……."

나는 팔틱의 주름진 손을 보며 물었다.

"제 스텟을 확인하는 작업입니까? 스캐닝 없이?"

"스텟은 숫자에 불과해. 나는 그보다 좀 더 본질적인 것을 확인하고 있네."

"…어떻게 그게 가능합니까?"

"본래 모두가 가능했네."

팔틱은 그제야 내 손을 놓으며 말했다.

"하지만 스캐닝이 훨씬 편하고 간단하지. 그래서 이런 방식은 아무도 쓰지 않게 되었네. 어쩌면 내가 이런 식으로 타인의 오러를 감지하는 마지막 인간인지도 모르겠군."

"어째서 각인을 받지 않으셨습니까?"

나는 호기심에 물었다. 팔틱은 허허 웃으며 고개를 저었다.

"받지 않은 게 아니라 받을 수가 없었네. 스승님이 반대하셨거든."

"스승님이라면?"

"벌써 백 년쯤 전의 일이군."

팔틱은 그윽한 눈으로 고개를 끄덕였다.

"스승님은 말씀하셨네. 네가 각인 능력에 의지하지 않고 수행을 쌓으면 언젠가 이 클랜의 마스터가 될 수도 있을 거라고 말이야. 그래서 난 그 말만 철석같이 믿고 그 어떤 각인도 받지 않았네."

"결국 되셨군요."

"결국 됐지. 그것도 다 옛날 일이지만."

"그래서… 어떻습니까?"

나는 노인에게 강한 흥미를 느끼며 물었다.

"지금 제 실력은 어느 정도입니까? 지금부터 제게 어떤 걸 가르쳐 주실 계획이십니까?"

"내가 받은 의뢰는 자네에게 도움이 되는 거라면 뭐든 가르치는 거였네만……."

팔틱은 한쪽 눈을 가늘게 뜨며 웃었다.

"솔직히 놀랐네. 나는 자네 같은 인간을 본 적이 없어. 물론 말로 하긴 쉽지. 자네는 1단계 소드 익스퍼트야. 하지만 그런 단어로는 자네가 가진 힘을 제대로 표현할 수 없네."

"제가 가진 어떤 힘 말입니까?"

"자네 몸속에 쌓인 오러는 너무도 신선해. 이것은 자네가 상상할 수 없을 만큼 빠른 속도로 이 경지에 도달했음을 의미하네. 흠… 이 정도면 3년도 안 걸렸겠군. 아니, 2년쯤인가?"

"1년도 안 걸렸습니다."

나는 솔직하게 말했다. 어째서인지는 모르지만 나는 눈앞의 노인에게 본능적인 호감을 느끼고 있었다.

팔틱은 껄껄 웃으며 고개를 끄덕였다.

"대단하군. 맞아, 나도 그렇게 생각했지. 하도 말이 안 되는 일이라 입에 담지 못했을 뿐이네. 정확히는 6개월도 안 걸렸겠지?"

나는 고개를 끄덕였다.

노인은 자세를 고쳐 앉으며 진지한 얼굴로 말했다.

"덕분에 흥미가 생겼네. 나는 개인적으로 제자를 거두지 않지만 자네라면 한번 각을 잡고 키워보고 싶은 생각이 드는군."

"오늘은 이론 수업만 한다고 들었습니다만……."

나는 쓴웃음을 지으며 말끝을 흐렸다.

그러자 팔틱은 묘한 표정으로 미소를 지으며 말했다.

"호? 설마 거절하는 건가?"

"거절은 아닙니다. 하지만 저도 여러 여유가 그리 많지 않습니다. 당장 누군가의 제자로 들어가 몇 년이고 수련에 매진할 그런 상황이 아닙니다."

"허허… 이거 놀랍구먼. 솔직히 놀랐어."

노인은 손바닥으로 무릎을 치며 웃기 시작했다.

"저, 저기 주한 님……."

그러자 옆에 앉아 있던 코르시가 안절부절못하며 말했다.

"여기 이분이… 바로 팔틱 오버소드 님이십니다."

"네, 들었습니다. 밸런스 소드 클랜의 전 클랜 마스터인 것도 알고 있습니다."

"어… 그러니까 장로님은 단순히 그런 분이 아닙니다. 아, 아니… 이런 말씀을 드리는 것조차 불경할 정도인데… 아무튼 저분의 제자로 들어가는 건 영광 중에 영광입니다. 검의 길을 걷는 자라면 누구라도 말이죠."

"저는 검의 길을 걷는 자가 아닙니다."

나는 딱 잘라 말했다.

"제게 있어 검이란, 그리고 힘이란 목표를 달성하기 위한 수단에 불과합니다. 그 자체가 제 목표가 되는 일은 결코 없습니다."

"허허… 재미있군. 정말 재미있어."

팔틱은 눈웃음을 지으며 말했다.

"이것도 인연인가? 내 앞에서 그런 말을 했던 사람은 자네가 두 번째로군."

"첫 번째는 누구였습니까?"

"크루이거였지. 허허… 그때가 무척 그립구먼."

노인은 먼 산을 보듯 과거를 되돌아보기 시작했다.

나는 옆에 앉은 코르시에게 조심스럽게 물었다.

"크루이거가 누굽니까? 어쩐지 들어본 적이 있던 것 같은데."

"…모르십니까?"

코르시는 말도 안 된다는 표정으로 고개를 저었다.

"설마 그 이름을 모르실 줄이야… 정말 산골도 깊숙한 산골에 살다 오신 것 같군요."

"죄송합니다. 워낙 외진 곳이라."

"크루이거는 카이엔 누와 크루이거를 말합니다."

"카이엔 누와 크루이거?"

"신성제국 황제 말입니다."

그 순간, 팔틱이 자리에서 일어나며 말했다.

"좋아. 돈도 받았으니 나는 내 할 일을 해야겠군. 제자는 안 돼도 좋네. 그래도 부탁이니 제발 내 가르침을 받아주지 않겠나? 부탁하네. 최대한 자네 편할 시간에 내 시간을 맞추도록 하지."

"장로님! 어찌 그런 말씀을······."

코르시가 순간 당황하며 움찔거렸다.

나는 즉시 자리에서 일어나 고개를 숙였다.

"그렇게까지 말씀하시니 거절할 도리가 없군요. 감사합니다. 시간이 닿는 한 열심히 배우도록 하겠습니다."

"기대가 크네. 말년에 이런 재밌는 일이 생길 거라곤 꿈에도 생각 못 했군."

팔틱은 만족스러운 듯 고개를 끄덕였다. 나는 그를 바라보며 곧바로 질문했다.

"그런데 신성제국의 황제와는 어떤 사이십니까?"

"크루이거와 나는 동문이지."

나는 눈을 크게 뜨며 되물었다.

"동문? 그렇다면 제국 황제가 밸런스 소드 클랜 출신이란 말입니까?"

"밸런스 소드 클랜뿐이 아니야."

팔틱은 쓸쓸한 표정으로 고개를 저었다.

"크루이거는 젊은 시절에 신분을 감춘 채 자유 진영에서 가장 큰 5대 클랜을 전부 거쳐 갔네. 그리고 각 클랜의 모든 기술을 완성했지. 그래서 그가 진정한 최강자라 불리는 거야."

*　　　*　　　*

나는 팔틱에게 양해를 구하고 스캐닝을 했다.

이름: 팔틱 오버소드
레벨: 27
종족: 레비그라스인

근력: 238(433)
체력: 184(419)
내구력: 115(295)
정신력: 41(51)
항마력: 238(352)

특수 능력
오러: 411(619)
마력: 0
신성: 0

저주: 133(133)

오러: 오러 소드(상급), 오러 실드(상급), 오러 브레이크(중급), 컴팩트 볼(중급), 오러 윙(중급), 일루전(하급), 헤비레인(고유)

그는 정말로 단 하나의 각인조차 받지 않은 몸이었다.

3단계 소드 익스퍼트에 해당하는 매우 높은 오러, 그리고 빽빽하게 표시된 다양한 기술들이 인상적이다.

하지만 내 호기심을 끈 것은 다른 두 가지였다.

나는 그중 첫 번째를 즉시 질문했다.

"장로님, 실례지만 스텟이 매우 낮게 보이는군요. 어디 몸이라도 불편하십니까?"

"아니야. 나는 아주 건강하네."

팔틱은 고개를 저으며 설명했다.

"기본 스텟이 떨어진 건 단순히 내가 나이가 너무 많아서 그런 것이네. 이젠 그럭저럭 140살을 넘겼지."

"140살이라니… 대단하군요."

나는 감탄하며 고개를 끄덕였다.

하지만 생각해 보면 당연한 일이었다. 그는 현재 130살이라는 제국 황제와 동문이니까.

"가끔씩 컨디션이 좋은 날에는 꽤 회복될 때가 있지. 하지만 걱정 말게. 오러를 발동시켰을 때 추가적으로 올라가는 스텟은 변함없으니까. 자네 한 명 정도는 너끈히 감당할 수 있을 거야."

팔틱은 허허 웃으며 말했다. 나는 곧바로 두 번째 호기심을
풀기 위해 조심스럽게 질문했다.

"그리고 저주 스텟이 매우 높으십니다. 무려 100을 넘는
데… 그래도 괜찮으십니까?"

"아, 자네, 중급 스캐닝을 받았나?"

나는 고개를 끄덕였다. 팔틱은 손가락으로 턱을 만지며 고
개를 끄덕였다.

"그렇군. 부끄럽지만 그것이 내가 평생 동안 쌓아온 악업이
네."

"신전에서 정화를 받으시면 해결되지 않습니까?"

"보통은 그렇게 하네만……."

팔틱은 씁쓸한 표정으로 고개를 저었다.

"그 또한 내겐 극복할 과제였네."

"과제라니, 하지만 저주 스텟이 높으면 문제가 생기지 않습
니까?"

"생기지. 다행히 나는 극복할 수 있었지만."

팔틱은 넓은 응접실을 천천히 배회하며 이야기를 시작했다.

"내가 10대였을 때 스승님이 말씀하셨네. 너는 오러에 재능
이 있지만, 그 밖에는 그 어떤 다른 재능도 가지고 있지 않다
고 말이야."

"다른 재능이라면……."

"마력이나 신성 말이네. 심지어 근골이 뛰어나지도 않아 기본 능력치의 상승 폭도 높지 않았어."

팔틱은 날 돌아보며 물었다.

"자네도 알고 있겠지. 오러나 마력은 평균적으로 25스텟마다 기본 능력치가 상승한다는 걸?"

"알고 있습니다. 그리고 신성과 저주 스텟은 50마다 기본 능력치가 오르죠."

"하지만 해당하는 특수 능력의 종류에 따라 올라가는 기본 능력치의 양이 전혀 다르네. 그것도 알고 있나?"

몰랐다.

하지만 대충 그런 게 있지 않을까 하는 생각은 했다.

'전에 만난 루도카가 대표적인 경우다. 그는 레벨이 21이었다. 하지만 능력치를 스무 번이나 높인 것치고는 기본 스텟이 별로 높지 않았어.'

물론 당시의 내겐 그 정도로 도저히 건드릴 수 없는 존재였다.

하지만 지금 생각해 보면 꽤나 낮은 스텟이었다.

생각해 보면 전생의 인류 저항군도 비슷한 문제로 고민했다.

하지만 그때는 '레벨'이나 '특수 능력'을 볼 수 없었기 때문에 쉽게 답을 내리지 못했다.

나는 고개를 저으며 팔틱에게 말했다.

"자세히는 모릅니다. 부디 가르침을 주십시오."

"이건 가르침이라 부를 정도도 아니네."

팔틱은 손사래를 치며 말했다.

"오러는 근력과 체력, 내구력이 높게 상승하네. 항마력도 어느 정도 올라가지. 반면 마력은 항마력을 제외한 모든 기본 스텟이 매우 적게 오르네. 여기까진 누구나 알고 있는 기본이지."

"…그럼 마법사는 기본적으로 불리한 거군요."

"그렇지. 하지만 마법사는 다양한 마법으로 기본적인 불리함을 커버할 수 있네. 마법으로 자기 자신의 힘과 속도를 높일 수 있지. 하지만 그럼에도 불구하고… 동일한 스텟을 쌓았을 경우 마법은 오러에게 불리하네."

내가 생각해도 그랬다. 팔틱은 가볍게 웃으며 계속 말을 이었다.

"그리고 신성은 좀 더 복잡하네. 기본적으로 올라가는 스텟은 마법과 비슷하지. 하지만 이쪽은 자신이 믿는 신에 따라 올라가는 숫자가 천차만별이야. 경우에 따라선 오러보다도 높이 오르기도 하네. 하지만 나는… 신성에도 재능이 없었어."

"안타까운 일입니다만… 어째서 그쪽에 재능이 필요합니까?"

"왜냐하면 결국 오러만으로 높일 수 있는 기본 스텟엔 한계가 있기 때문이네."

팔틱은 자신의 몸을 가리켰다.

"스승님은 그것을 걱정하셨네. 너는 '최상급'의 전사가 될 수 있지만 같은 최상급들 중에서는 상대적으로 부족할 거라 말씀하셨지. 그래서 '저주'에 희망을 걸기로 했네."

"일부러 저주 스텟을 높여서 그걸 통해 레벨 업을 노린 건가요?"

"레벨 업?"

"그러니까… 기본 능력의 상승 말입니다."

나는 말을 정정했다. 하지만 팔틱은 그 단어가 마음에 드는지 연신 고개를 끄덕였다.

"레벨 업, 레벨 업이라… 그것참 좋은 표현이군. 나는 백 년이 넘게 살아왔으면서 왜 그런 표현을 생각해 내지 못했을까?"

"……."

"어쨌든 그러네. 스승님은 내게 저주 스텟을 쌓아 레벨 업을 하라 명하셨네. 물론 억지로 쌓을 필요는 없고, 자연스럽게 쌓이는 업보를 지우지만 말라고 하셨지."

"그렇다면 장로님은… 지금까지 저주만으로 2레벨을 올린 셈이군요?"

"맞아. 하지만 여기엔 사람들이 모르는 비밀이 있네."

팔틱은 그렇게 말하곤 코르시를 바라보았다. 그러자 몽롱한 표정으로 장로의 말에 빠져 있던 코르시가 깜짝 놀라며 말했다.

"저, 저는 밖에 나가 있을까요?"

"괜찮네. 하지만 이건 밸런스 소드 클랜의 마스터에게만 대대로 내려오는 비전 같은 거라 그냥 알고도 모른 척하고 있으면 좋겠군."

"명심하겠습니다."

코르시는 즉시 허리를 숙였다. 팔틱은 고개를 끄덕이며 이쪽을 향해 고개를 돌렸다.

"저주는 50스텟으로 레벨 업을 하는 것과 100스텟으로 레벨 업을 하는 것에 큰 차이가 있네."

나는 한 번에 이해하지 못하고 되물었다.

"그게 무슨 말씀이십니까?"

"가령 내가 저주 스텟을 50을 쌓았다고 하세. 그러면 레벨이 오르며 기본 스텟이 상승할 것 아닌가?"

"그렇죠."

"알기 쉽게 근력 5, 체력 5, 내구력 5가 올랐다고 하지. 그리고 곧바로 신전에 달려가서 정화를 받은 거야. 그럼 어떻게 되겠나?"

"저주 스텟이 다시 0이 되겠죠."

"그리고 다시 사람을 죽이든 전장을 누비든 하며 새롭게 50까지 높였다고 치세. 물론 저주는 특징이 있지. 똑같은 악업을 계속 쌓으면 높아지는 속도가 느려져. 하지만 지금은 어쨌든 다시 50을 쌓았다고 가정하지. 그러면 또 다시 레벨 업을 하겠지?"

"그럼 이번에도 기본 스텟이 5씩 오르겠군요?"

"맞아. 하지만 정화를 받지 않고, 한 번에 100까지 높이면 올라가는 스텟이 확 늘어나네. 참고로 나는 저주 100스텟에서 레벨 업을 했을 때 근력이 무려 30이 올랐지. 가장 처음 레벨 업을 했을 때조차 그 정도는 아니었네."

그것은 처음 듣는 이야기였다.

팔틱은 내 주변을 천천히 돌며 말했다.

"덕분에 꽤 도움이 되었지. 물론 정신적인 고통을 견뎌내야 했지만… 지금은 그 모든 게 아무렇지도 않게 느껴진다네."

"저주 스텟에 그런 비밀이 있었군요."

"그러니 자네도 미리 고민해 두는 게 좋을 거야. 자네가 아무리 천상의 재능을 가지고 있다 해도, 단지 오러만을 가지고 높일 수 있는 레벨은……."

팔틱은 손가락으로 잠시 계산을 하다 말을 이었다.

"27레벨이 끝이네. 심지어 자네의 한계가 소드 마스터에 닿아 있다 해도 말이지."

그것은 매우 의미심장한 이야기였다.

지금까지의 나는 이대로 계속 오러를 수련해서 최종적으로 소드 마스터가 되는 것만 생각하고 있었다.

하지만 그것이 마지막 단계가 아니었다. 팔틱은 내 등을 가볍게 두드리며 나지막한 목소리로 말했다.

"하지만 내가 가르쳐 줄 수 있는 건 오러와 오러 스킬뿐이네. 그 이상은 자네가 알아서 해나갈 수밖에 없어."

"어째서 제가……."

나는 팔틱을 마주 보며 물었다.

"그 이상이 필요하다고 생각하십니까?"

"그럼 필요하지 않은가?"

팔틱의 주름진 얼굴에 묘한 미소가 번졌다.

나는 능구렁이 같은 노인의 속을 들여다보며 쓴웃음을 지었다.

"물론 필요합니다. 그런데 장로님께서는 이미 제 정체를 알아내신 것 같군요."

"물론이지. 우린 이미 손을 맞잡은 사이 아닌가?"

팔틱은 웃음을 지으며 다시 한 번 손을 내밀었다.

분명 그가 가진 특유의 스캐닝 속에 상대의 종족을 알아낼 수 있는 능력이 포함된 것이다.

팔틱은 다시 한 번 나와 악수를 하며 말했다.

"그러고 보니 여긴 정말 좋은 방이군. 특히 벽에 걸려 있는 저 커다란 차원경이 인상적이야. 아, 내가 그 말을 했던가? 나는 지구를 아주 좋아한다네. 여느 젊은이들 못지않게 관심을 많이 가지고 있지……."

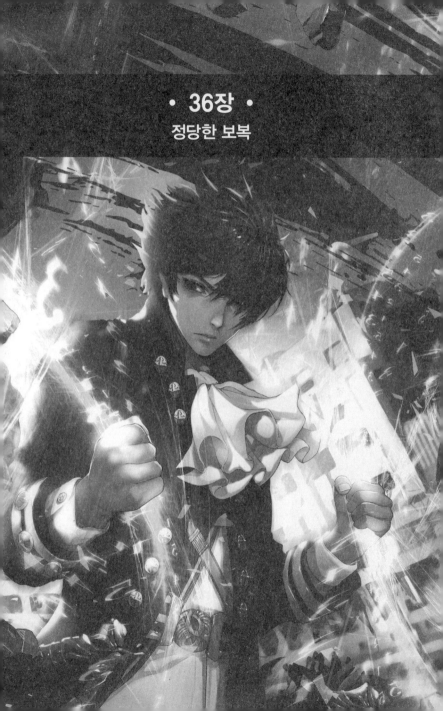

· 36장 ·
정당한 보복

팔틱의 강의는 내게 큰 도움이 되었다.

그는 당장 내일부터 '소드 마스터의 검술'과 새로운 오러 스킬을 가르쳐 주겠다고 했다.

오러 브레이크, 컴팩트 볼, 오러 윙 같은 기술은 소드 익스퍼트부터 익힐 수 있는 오러 스킬의 꽃이다.

하지만 나는 수련을 나중으로 미뤘다.

내겐 그보다 먼저 해결해야 할 문제가 있었다.

랜드픽.

투기장의 소유주이며 자유 진영 전체에 고급 호텔 체인과 도박장을 운영하고 있고, 군대에 납품하는 다양한 무기를 생산하고 있는 대기업.

바로 그들이 나에 대한 정보를 신성제국에 제공했다.

그 탓에 사막에서 적들에게 포위당했다.

만약 박 소위가 때맞춰 도착하지 않았다면, 분명 내가 가진 다섯 개의 목숨을 전부 사용하더라도 극복하기 힘들었을 것이다.

그래서 나는 회의를 소집했다.

＊　　　　＊　　　　＊

"레비그라스 차원은 이미 수백 년 전부터 차원경을 통해 지구를 엿보고 있었습니다."

나는 테이블에 앉은 동료들을 둘러보며 말했다.

"하지만 차원경이 개발된 초기에는 지구에도 강력한 화약 병기가 개발되지 않았습니다. 기껏해야 머스킷 같은 구식 총기나 야포 정도가 운용되었죠."

"그 정도면 이쪽도 따라 할 수 있지 않았을까? 하지만 레비그라스에는 화약 자체가 전혀 사용되지 않는 것 같다."

커티스가 질문했다. 나는 고개를 끄덕이며 말했다.

"초기에는 대다수의 국가들이 흉내를 내봤던 모양입니다. 레비그라스라고 화약을 만들 수 없는 건 아니니까요. 하지만 머스킷 같은 총은 1단계 오러 유저만 되어도 총탄 자체를 가볍게 튕겨낼 수 있습니다. 그게 문제였습니다. 덕분에 병기로서 의미를 잃고 추가적인 개발 자체가 중단되었습니다."

나는 이미 박 소위를 통해 '어째서 레비그라스 차원에 화약 병기가 발전하지 않는지'에 대한 설명을 들었다.

처음 질문을 던진 커티스는 여전히 부족하다는 얼굴로 물었다.

"하지만 차원경은 지금도 지구를 비추고 있지 않나? 이제는 지구의 무기도 상당히 강력해졌다는 걸 알고 있을 텐데?"

"그렇습니다. 덕분에 일부 국가는 아직도 개발 라인을 유지하고 있습니다. 링카르트 공화국이란 곳은 이미 1차 대전 수준의 소총을 완성해 전문 부대까지 운용한다 하더군요."

"안티카 왕국은 그런 게 없나?"

"안티카는 군사적인 방면에선 보수적입니다."

"보수적이라……."

"이 나라는 예로부터 강력한 오러 유저가 다수 배출되기로 유명했습니다. 그래서 그쪽에 집중한 것입니다. 그리고 그쪽이 바른 길일지도 모릅니다. 지구가 결국 귀환자들에게 멸망했다는 것을 생각하면 말입니다."

그러자 테이블의 분위기가 썰렁해졌다. 나는 가볍게 박수를 치며 주제를 본론으로 돌려놓았다.

"어쨌든 여기서 중요한 건 랜드픽이라는 회사의 주력 사업이 바로 무기 수출이라는 겁니다. 당장은 이쪽을 공략할 방법은 없습니다. 신성제국과 자유 진영의 대치가 계속되고 있으니까요. 괜히 건드렸다가 자유 진영의 군사력이 약화되는 결과가 초래되면 곤란합니다."

"그럼 어떻게 할 생각이지?"

빅터가 물었다. 나는 커티스를 보며 웃음을 지었다.

"치사하고 교활한 작전을 계획했습니다. 랜드픽의 규모를 볼 때 대단한 피해를 주진 못하겠지만… 정신적으로 꽤 큰 충격을 줄 수 있을 겁니다."

*   *   *

가장 먼저 나는 대형 마차를 한 대 준비했다.

정확히는 말이 아닌 '로구'라는 짐승이 끌지만 어쨌든 역할은 지구의 마차와 큰 차이가 없다.

문제는 뱅가드의 교통수단이 '순간 이동 게이트'로 굳어졌다는 것이다.

그 탓에 대형 마차 같은 것은 허가를 받지 않으면 도심을 이동할 수 없다.

물론 그 정도는 돈과 권력으로 해결할 수 있었다.

*   *   *

허가는 박 소위가 치안 관리청에 사람을 보내자 순식간에 나왔다.

"관리청에 최신형 80인치 차원경 열 대를 기증하겠다고 약속했습니다. 지구의 도심지를 비추는 걸로 말이죠. 앞으로 한 달간은 내곽 도시에서 자유롭게 마차를 쓰실 수 있을 겁니다."

박 소위는 직접 받아온 허가증을 넘기며 물었다.

"그런데 이걸로 대체 뭘 하시려고 그러십니까?"

"랜드픽에 대한 보복 작전을 진행할 계획이다."

나는 허가증을 품속에 챙기며 대답했다. 박 소위는 놀란 얼굴을 하며 곧장 물었다.

"마차 두 대로 말입니까? 랜드픽은 만만치 않은 기업입니다. 저만큼은 아니라도 강력한 전사들을 다수 고용해서……."

"걱정 마. 힘으로 뭔가 하려는 건 아니니까. 끝나면 경과를 알려주도록 하지."

나는 가볍게 웃으며 투숙 중인 호텔을 나섰다.

그리고 커티스와 함께 마차에 탑승한 채, 내곽 도시의 B구역에 있는 또 다른 호텔로 이동했다.

워터홀 호텔.

바로 랜드픽이 운영하는 지하 도박장의 호텔이었다.

*   *   *

"어떻게… 가능하겠습니까?"

나는 옆자리에 앉은 커티스를 보며 조심스럽게 물었다.

잠시 후, 한참 동안 끙끙대며 집중하던 커티스가 겨우 눈을 뜨며 고개를 끄덕였다.

"가능해. 하지만 위치를 조금 변경했으면 좋겠군."

나는 커티스의 말을 따라 마부석에 지시를 내렸다.

고용된 마부는 크로니클사의 직원으로 우리가 하는 일에 간섭하지 않고 맡겨진 임무에만 충실하란 지시를 받았다.

"10미터쯤 뒤로 갔습니다. 여기면 어떻습니까?"

"음… 그래. 여기면 괜찮겠어."

커티스는 고개를 끄덕이며 마차의 바닥을 내려다보았다.

마차가 서 있는 곳은 워터홀 호텔과 옆 건물의 사이에 있는 골목이다.

대형 마차가 들어선 탓에 골목은 그야말로 사람 하나 지나가기 힘들 만큼 꽉 찬 상태였다.

커티스는 다시 한 번 눈을 감으며 말했다.

"저 아래서 사람들이 뭔가를 교환하는 장소는… 여러 곳이다. 그게 환전소겠지. 하지만 일정 시간마다 모인 돈을 보관하는 장소는… 하나다."

"거기가 바로 금고입니다."

나는 몇 주 전에 직접 들어가 봤던 도박장의 전경을 떠올렸다.

물론 그때는 도박장 내부에 있을 금고까지는 볼 수 없었다.

하지만 커티스에겐 공간 감지 능력이 있다. 그는 마치 투시를 하듯 벽 너머의 움직임을 느낄 수 있다.

벽이 가능하다면 당연히 땅속도 가능하다.

커티스는 잠시 심호흡을 하다 표정을 찌푸렸다.

"그런데… 저건 뭐지? 많은 사람이 둘러싼 공간에… 뭔가 작은 생물 여럿이 움직이고 있다."

"아, 그거라면……."

나는 쓴웃음을 지으며 말했다.

"분명 '샌드 웜 경주장'일 겁니다. 제가 저번에 만 썰이 넘는 돈을 딴 곳이죠."

"사람들이 엄청나게 움직이는군. 음… 좋아, 확실해."

커티스는 다시 눈을 뜨며 손가락으로 마차의 왼쪽 아래를 가리켰다.

"여기서 대각선으로 15미터쯤 아래에 금고가 있다. 하지만 약 10분 간격으로 끊임없이 사람들이 출입하고 있다."

"돈을 가져다 놓는 모양이군요. 그렇다면 작업은 도박장이 닫는 새벽에 시작하는 게 좋겠습니다. 얼마 전에 샌드 웜 킹의 몸속으로 함께 텔레포트한 거 기억나시죠?"

"당연하지."

"그렇다면 최소한 저와 비슷한 무게의 물건을 들고 텔레포트를 할 수 있을 겁니다. 최대 몇 kg까지 가능합니까?"

"나는 빅맨과 함께 텔레포트한 적도 있다."

커티스는 코웃음을 치며 말했다.

"못해도 120kg은 가능하겠지."

"120kg이라……."

나는 견본으로 챙겨온 두툼한 돈주머니를 집어 들며 말했다.

"이게 10kg 정도입니다. 이런 걸로 한 번에 열 개 이상 들고 오실 수 있겠군요."

"가능하다. 각성한 이후로 힘이 엄청나게 강해졌으니까."

커티스는 손가락 두 개로 돈주머니를 쥐고 흔들어 보였다.

"그런데 여기 얼마나 들었지?"

"만 씰입니다. 10씰짜리 은화 천 개가 들어 있죠. 그런데 15미터라면 위험하지 않습니까? 사람과 함께하면 10미터가 한계라고 들은 것 같습니다만?"

"사람이라면 그렇지."

커티스는 돈주머니를 내려놓으며 고개를 저었다.

"하지만 단순한 짐이라면 그보다 멀리 갈 수 있다. 문제는 횟수다. 혼자 하든 둘이 하든… 결국 하루에 다섯 번 이상은 못 해."

"다섯 번이면 충분할 겁니다. 이제 곧 해가 지겠군요."

나는 창문을 가린 블라인드를 열며 밖을 살폈다.

준비는 완벽했다.

앞으로 열 시간쯤 더 시간이 지나면 이 마차는 묵직한 돈주머니로 가득 차게 될 것이다.

*   *   *

그것은 완전범죄였다.

레비그라스 차원에는 인간이 직접 쓸 수 있는 텔레포트라는 마법이 존재하지 않았으니까.

하룻밤 사이, 커티스가 도박장의 금고에서 챙겨온 돈의 총액은 무려 45만 쎌이 넘었다.

*   *   *

"갑자기 대량의 현금을 안전하게 보관할 곳을 알려달라고 하셔서 무슨 일인가 했는데……."

박 소위는 공장 창고에 돈주머니를 나르는 커티스를 보며 난감한 얼굴로 물었다.

"대체 이건 어디서 난 돈입니까? 설마 랜드픽에 한다는 보복 작전의 결과입니까? 현금을 수송하는 마차라도 습격하신 겁니까?"

"이건 워터홀 호텔의 지하에 있는 도박장의 금고에서 빼낸 돈이야."

나는 범죄의 경과를 간단히 설명했다. 박 소위는 경악한 얼굴로 소리쳤다.

"그게 정말입니까? 텔… 레포트요?"

그리고는 주변을 경계하며 급격히 목소리를 줄였다. 나는 쓴웃음을 지으며 고개를 끄덕였다.

이곳은 뱅가드의 외곽 도시 72구역에 있는 크로니클사의 공장이다.

그중에도 공장에서 생산하는 '차원경'의 핵심 재료를 보관하는 귀중품 보관 창고였다. 나는 멀찍이 창고 문 앞에 서 있는 경비들을 돌아보며 말했다.

"기억해 보라고. 전생에 귀환자들 중에도 텔레포트를 쓰는 자들이 있지 않았나?"

"그러고 보니……."

박 소위는 혼란스러운 듯 눈살을 찌푸리며 고민했다.

"확실히 있었습니다. 이것 참, 기억에 혼선이 생기는군요."

"혼선?"

"제 육체의 원래 주인인 글라시스의 기억에는… 텔레포트란 인간이 절대로 쓸 수 없는 마법으로 인식되어 있습니다. 하지만 박진성의 기억은 그렇지 않죠. 그래서 혼선이 생겼습니다."

"보기보다 육체에 남은 기억에 영향을 많이 받는 것 같군?"

"그렇습니다. 아무래도 제 정신력이 준장님처럼 높지 않기 때문일 거라 생각합니다."

박 소위는 자신의 변화를 인정하며 고개를 끄덕였다.

기존의 육체, 그리고 정신력.

확실히 그럴 수도 있다.

나는 좀 더 경솔해졌다는 것을 제외하면 육체의 주인인 레너드의 기억에 거의 휘둘리지 않았다.

박 소위는 자신의 양다리를 바라보며 말했다.

"어쩌면 전생의 제게 육체가 부족했기 때문일지도 모릅니다. 제 몸의 절반은 기계였으니까요. 그만큼 현재 육체에 휘둘릴 수밖에 없는 게 아닐까요? 그중에도 특히……."

박 소위는 자신의 하복부를 보며 무언가를 말하려다 고개를 저었다.

"아니, 아닙니다. 제가 준장님 앞에서 대체 무슨 망언을……."

"아직 아무 말도 안 했는데, 무슨 망언 말이지?"

"그러니까… 저는 20대에 이쪽 기능을 완전히 잃지 않았습니까?"

박 소위는 50대의 얼굴로는 상상도 할 수 없는 쑥스러운 표정을 지으며 자신의 하복부를 가리켰다.

'아, 그거 말인가?'

나는 착잡한 표정을 지으며 고개를 끄덕였다.

"그래. 불능이 되었다고 들었지."

"불능 정도가 아니라 그냥 없었습니다. 모든 게요. 그런데 지금은……."

"성 기능을 회복했다 이거군. 그래서 어때, 많이 써봤나?"

나는 일부러 짓궂게 물었다. 박 소위는 얼굴을 붉히며 고개를 저었다.

"많이는… 아닙니다."

"혹시 그 여자인가? 비서실장인 마리아?"

"그럴 리가요. 비서실장은 그쪽으론 칼 같은 여자입니다. 사실 글라시스는 애인이 있는데 음, 물론 명령이시라면 전부 보고하겠습니다. 회귀한 이후로 저의 그쪽 활동을……."

"아니! 그럴 필요 없어!"

나는 즉시 고개를 저었다.

"내가 미쳤다고 그런 걸 보고받겠나? 농담이야. 나는 신경 쓰지 말고 새로 생긴 육체를 만끽하도록. 사생활은 보호받아야지."

"감사합니다, 준장님."

박 소위는 웃으며 대답했다.

그때 돈주머니를 전부 옮긴 커티스가 다가오며 물었다.

"전부 안쪽의 금고 속에 넣었다. 이제 어쩔 거지?"

"수고하셨습니다. 이만 숙소로 돌아가 쉬죠. 어차피 오늘은 더 이상 텔레포트를 쓸 수 없으니까요."

"그럼 이게 끝이 아닙니까?"

박 소위가 깜짝 놀라며 물었다. 나는 당연한 듯 고개를 끄덕였다.

"이건 시작이지. 앞으로 뱅가드에서 랜드픽이 운영하는 모든 곳을 습격할 생각이다."

"…이쪽과는 이미 이야기를 끝냈나 보군."

그러자 커티스가 박 소위를 힐끔 본 다음 말했다.

"그렇다면 상관없겠지. 미리 말해둘 것이 있다. 전에 말했듯이 사람을 한 명 데리고 텔레포트를 하면 최대 사거리가 10미터다. 억지로 하면 15미터 정도. 하지만 사람이 아닌 짐을 들고는 좀 더 먼 곳까지 가능하다."

"정확히 얼마나 가능합니까?"

"아까 확인한 바로는… 한계 중량인 130㎏을 들면 20미터까지 가능하다."

커티스는 담담하게 말했다. 나는 머릿속에 전구가 켜지는 것을 느끼며 물었다.

"짐을 줄이면 그보다 먼 곳도 가능하겠군요?"

"50㎏ 정도라면 60미터도 가능할 거다."

커티스는 고개를 끄덕였다. 그러고는 어딘지 불만스러워 보이는 박 소위를 보며 말했다.

"그쪽은 주한의 전생의 동료라고 했지?"

"…그래."

"내가 주한에게 말을 놓는 게 불만스러워 보이는군. 전생에는 계급이 어떻게 되었나?"

"소위였다."

"나도 마찬가지다. 그리고 주한이 장군이었다는 것도 알고 있지."

커티스는 나와 박 소위를 번갈아 보며 말했다.

"신경에 거슬린다면 지금부터 나도 주한에게 경칭을 붙이도록 하겠다."

"아니, 굳이 그럴 필요는⋯⋯."

"나 역시 주한을 상관으로서 인정하고 신뢰한다. 본인이 거절해서 이럴 뿐이지. 전시에는 그가 하는 모든 명령을 따를 각오가 되어 있다."

"그런 것치고는 저번에 제 명령을 거부하지 않으셨습니까?"

나는 샌드 웜 킹과의 전투를 떠올리며 아픈 곳을 꼬집었다. 커티스는 머쓱한 얼굴로 입술을 물며 시선을 피하기 시작했다.

"⋯아무튼 그렇다. 내가 어떻게 하면 좋겠나?"

"편할 대로 해라."

박 소위는 딱딱한 태도였다.

"중요한 건 준장님의 기분이니까. 나는 오직 준장님에게만 충성하고 복종한다. 물론 너희들이 준장님께 얼마나 헌신하고 있는지도 알고 있다. 존칭이나 말투는 큰 문제가 아니겠지. 서로 편할 대로 하면 된다."

"알겠다."

커티스는 고개를 끄덕였다.

나는 두 사람 사이의 불안정한 기류를 느끼며 한숨을 내쉬었다.

물론 당장은 큰 문제가 아니었다.

하지만 전생의 동료와 현생의 동료를 융합시키는 것은 생각해 봐야 할 문제였다.

＊　　　　＊　　　　＊

두 번째로 노린 것은 뱅가드 최대 규모를 자랑하는 무기 상점 '랜드픽서'였다.

이름부터가 랜드픽을 연상시키는 이 상점은 지구로 치자면 백화점과 비슷한 구조를 가지고 있었다.

랜드픽이 개발한 각종 무기, 방어구는 물론, 이름 있는 모든 브랜드가 상점 내에 자리를 얻어 점포를 운영하고 있다.

뱅가드에 처음 도착했을 때 들렀던 스톨른 상회와 비교하자면 대충 봐도 세 배도 넘을 만큼의 거대한 규모를 자랑했다.

1층과 2층은 랜드픽의 직영점이고, 3층과 4층은 다른 회사나 유명한 개인 브랜드의 점포가 들어서 있다.

그리고 그중 4층의 가장 외진 구석에 '루멘의 방어구'라는 개인 점포가 있었다.

"이미 말씀을 들으셨다면 아시겠지만… 저희들은 여기서 찬밥 취급을 받고 있습니다."

점포의 주인이자 대장장이인 루멘이 한숨을 내쉬며 말했다.

"처음에는 문제가 없었습니다. 그러다 몇 년 전에 제가 크로니클에 투자를 받았다는 사실이 알려지자… 이런 구석으로 내쫓더군요. 처음 입주할 때 엄청난 권리금을 내고 들어왔는데 말입니다."

크로니클사는 직접 무구를 개발하고 판매하는 대신, 전국에 있는 유망한 개인 사업자들을 발굴해 투자를 하는 것으로 사업을 대신했다.

나는 대장장이의 굳은 손을 붙잡으며 고개를 끄덕였다.

"걱정하지 마십시오. 크로니클은 '루멘의 방어구'의 가능성을 높이 사고 있습니다. 곧 회사 차원에서 다양한 의뢰가 이어질 테니 안심하시기 바랍니다."

"감사한 말씀입니다. 하지만 어렵게 얻은 점포는 이렇게 파리만 날리니……."

"아니, 오히려 파리가 날려서 다행입니다."

"네?"

"당분간은 그렇다는 말입니다. 그럼 말씀드린 대로 점포의 운영을 이틀만 맡겨주시기 바랍니다. 이틀간에 벌어진 손실은 크로니클사에서 두 배로 배상해 드리겠습니다."

"어차피 손님도 안 오니 매상이랄 것도 없습니다. 그럼 저는 그동안 술이나 마시며 쉬도록 하죠."

루멘은 어깨를 으쓱이며 점포를 빠져나갔다.

그리고 우리들은 그 이틀 동안 랜드픽서에서 빼낼 수 있는 모든 것을 빼내 밖으로 빼돌렸다.

＊　　　＊　　　＊

현금 17만 9천 씰.

2층에 있는 상점 관리실에 보관되어 있던 모든 장부와 고객 정보.

1층의 창고에 보관되어 있던 고가의 장식용 세공 검 스무 자루.

마찬가지로 창고에 보관되어 있던 장식용 금도금 갑주 다섯 세트.

"이런 갑옷은 대체 어디에 쓰려고 가져오신 겁니까?"

박 소위가 마차에 실린 갑옷들을 보며 눈살을 찌푸렸다.

커티스는 그중 하나를 꺼내 직접 몸에 걸치며 대답했다.

"비싸 보여서 가져왔다. 실제로는 비싸지 않은 건가?"

"비싸기야 하겠죠. 하지만 저희들이 장물아비도 아니고… 괜히 꼬리를 잡히지 않으려면 여기서 녹여 버리는 게 좋겠습니다."

옆에 있는 공장 쪽에선 오전부터 강렬한 소음이 울려 퍼지고 있었다.

나는 나머지 갑옷들을 밖으로 꺼내며 물었다.

"이 공장에선 주물(鑄物)도 가능한가?"

"물론입니다. 모래를 녹여 차원 금속을 추출하는 게 핵심 기술이니까요."

"차원 금속?"

박 소위는 안쪽에 있는 귀중품 보관 창고로 안내하며 설명했다.

"괜히 뱅가드에 공장을 지은 게 아닙니다. 이 주변의 사막에서 나오는 모래는 높은 순도로 차원 금속이 포함되어 있습니다."

"그 차원 금속이라는 게 정확히 뭐지?"

"차원경의 핵심 재료입니다. 지구식으로 말하면 희귀 금속이라고 할까요?"

박 소위는 두께가 50㎝는 될 법한 철문을 열며 말했다.

"말이 금속이지… 실제로는 정체불명의 소재입니다. 이걸 섞어 유리판을 얇게 펴내면 차원경의 스크린이 완성됩니다."

"차원경이 비추는 지구의 장소는 완전히 랜덤 아닌가?"

"물론 그렇습니다만……."

박 소위는 창고 속에서 손바닥만 한 주괴를 집어 들며 말했다.

"차원 금속의 배율에 따라 어느 정도는 위치를 조정할 수 있습니다. 지구의 자연, 지구의 도심지, 지구의 바다… 물론 그렇게 조정을 해도 완성품의 60%는 상품 가치가 매우 떨어지는 물건이 나옵니다. 자, 이게 차원 금속입니다. 한번 만져보십시오."

"느낌은 정말… 금속 같군. 그리고 가벼워. 어떻게 이런 부피를 가지고 있는데 이렇게 가벼울 수 있지?"

나는 차원 금속을 손으로 만지며 감탄했다.

"거기에 열을 가하면 또 다른 형태로 변합니다. 어쨌든 이 차원 금속을 원활하게 공급받기 위해 뱅가드에 공장을 지은 겁니다."

"그냥 사막에서 모래를 퍼다 녹이면 나오는 건가? 완전히 날로 먹는군."

커티스가 툭 던지듯 끼어들었다. 박 소위는 입으로만 웃으며 대답했다.

"그게 그렇게 쉬우면 크로니클사가 여기까지 클 수 있었을까?"

"나는 모르지. 그냥 푸념이다. 최근에 강도 높은 노동을 했더니 불로소득을 올리는 꼴이 달갑지 않아서 말이야."

"이 세상에 불로소득은 존재하지 않아. 결국 그걸 얻기 위해 누군가는 노력을 했던 거다."

"과연, 재벌 회장이 할 법한 논리로군."

"자, 두 사람 모두 이쯤에서 그만하고……."

나는 먼저 창고 밖으로 나오며 박 소위에게 말했다.

"가져온 갑옷은 이쪽에서 알아서 처리해 줘. 세공 검도 마찬가지고."

"검에 붙어 있는 보석은 따로 떼어 처리하겠습니다. 그보다도 준장님, 대체 언제까지 이 일을 계속하실 겁니까?"

박 소위는 걱정스러운 얼굴로 말했다.

"작전 자체가 너무 위험합니다. 돈이라면 제가 얼마든지 드릴 수 있습니다. 제가 지금 당장 융통할 수 있는 현금만 4천만 씰이 넘습니다. 그리고 한 달 정도 시간을 주시면 그 다섯 배도 끌어올 수 있고요. 거기에 각지에 투자된 자본까지 빼낸다면……."

"돈 때문이 아니야."

나는 대신 창고 문을 닫으며 말했다.

"이건 보복이자 경고다. 랜드픽은 자신들이 한 일의 대가를 치러야 해."

"지당한 말씀입니다. 하지만 준장님이 직접 이렇게 위험한 일을 하실 필요는 없습니다. 원하신다면 제가 회사의 모든 역량을 끌어 랜드픽을 공격하겠습니다. 먼저 녀석들의 주력 사업에 후발 주자로 뛰어들어 대규모의 투자를 감행하면……."

"아니, 그건 안 돼."

나는 즉시 고개를 저었다.

"저들은 뒤쪽으로 비열한 수를 썼다. 그렇다면 이쪽도 똑같은 방법으로 돌려주면 그만이야. 안티카 왕국에서 가장 큰 두 개의 기업이 전면전을 벌이면 이쪽만 손해다."

"이쪽이라면……."

"자유 진영 말이지."

나는 왕도로 돌아간 파비앙 왕자를 떠올리며 말했다.

"우리가 지구인 무력화 작전을 성공할 때까지 자유 진영이 흔들리면 곤란해. 크로니클과 랜드픽은 안티카 왕국뿐 아니라 자유 진영 전체를 아우르는 기업이겠지?"

"그렇습니다. 자유 진영 전체에서 1, 2위를 다투고 있죠."

"그러니 뒤쪽에서 조용히 움직여야지. 계속해서 아픈 곳을 찌르면 반응이 올 거다."

"어떤 반응 말입니까?"

박 소위가 물었다. 나는 가만히 웃으며 대답했다.

"그건 이제부터 저들이 보여주겠지. 내 예상이 맞는다면……."

*　　　　*　　　　*

우리가 세 번째로 공격한 곳은 바로 내곽 도시의 C구역에 있는 랜드픽사의 지사 건물이었다.

지구식으로 표현하면 10층짜리 빌딩인 이곳은 내곽 도시에서도 가장 땅값이 비싸다는 C구역의 노른자 땅에 위치하고 있다.

최근 반복된 기이한 도난 사건 덕분인지 빌딩은 그야말로 철통같은 경비로 보호받고 있었다.

하지만 그런 건 아무래도 상관없었다.

우리들이 빌린 곳은 랜드픽 지사의 바로 옆에 있는 8층짜리 건물의 최상층이었으니까.

두 건물 사이의 간격은 약 20미터였다.

그리고 커티스는 이틀 동안 이곳에 머물며 랜드픽 지사의 내부 구조와 경비 상황을 파악했다.

"…경비로 추정되는 자들이 24시간 동안 건물 내부를 순찰하고 있다. 그냥 막무가내로 텔레포트해서 들어가면 걸릴 가능성이 높아."

커티스는 그렇게 말하며 종이 위에 뭔가를 그리기 시작했다.

"하지만 사람들이 아무도 들어가지 않는 밀폐된 공간이 있다. 바로 여기… 10층의 중심부에 있는 이곳에 폭이 5미터쯤 되는 정육면체의 공간이 있다."

나는 입에 고인 침을 삼키며 물었다.

"금고? 아니면 랜드픽 회장의 개인 공간일까요?"

랜드픽 지사의 10층은 회장인 '베델 스카노스' 개인이 사용하는 펜트하우스다.

커티스는 잠시 고민하다 그림의 10층 전체를 펜으로 동그라미 치며 말했다.

"10층 자체는 다른 층과 마찬가지로 경비들이 24시간 순찰을 돌고 있다. 그리고 회장인지는 잘 모르겠지만… 누군가 두 명을 대동해서 이쪽 방에 들어오기도 하고."

"회장과 보디가드일까요?"

"아마도. 하지만 공간지각 능력으로는 그저 움직임만 확인할 수 있을 뿐이다. 어쨌든 안전하게 무언가를 가지고 나올 수 있는 곳은 여기뿐이야."

"밀폐된 정육면체의 방 말이죠?"

커티스는 고개를 끄덕였다. 나는 고개를 끄덕이며 커티스에게 작전 실행을 명령했다.

그곳에 무엇이 감춰져 있든 랜드픽에 피해를 줄 수 있다면 그걸로 충분했다.

*　　　*　　　*

확인 결과, 그 방은 랜드픽 그룹의 총수인 베델 스카노스 회장의 비밀 금고였다.

하지만 금고라고 해서 현금이나 귀금속에 보관된 것은 아니었다.

커티스가 챙겨온 물건들은 크게 두 종류였다.

하나는 서류.

랜드픽의 주요 거래 장부와 현금 보유량을 분석한 서류는 물론, 기본적으로 불법인 도박장에 대한 장부까지 몽땅 들어 있었다.

하지만 그중에 가장 놀라운 것은 바로 자유 진영을 약화시켜 신성제국과의 전쟁을 유발시키는 가상 시나리오였다.

"최근에 링카르트 공화국이 자유 진영에서 탈퇴하려는 움직임이 있었는데… 그 배후에 랜드픽이 있었군요!"

박 소위는 그 문서를 보자마자 경악했다.

그것은 정보력이라면 세계 최고를 자부한다는 크로니클의 정보부와 보안 팀조차도 아직까진 의심 수준에 머물러 있던 정보였다.

두 번째는 물약이었다.

스카노스의 비밀 금고에는 정체를 알 수 없는 물약이 가득 들어 있었다.

· 37장 ·
백 퍼센트 함정은 피한다

그것은 시중에서 판매하는 포션이 아니었다.

박 소위는 20여 종에 달하는 물약을 비밀리에 크로니클의 실험실로 보내 성분을 분석하기 시작했다.

스카노스의 금고를 탈취한 다음 날, 박 소위는 실험실로부터 선행 보고를 받아 말했다.

"물약의 종류가 너무 많아 분석에 시간이 걸린다고 합니다. 다만 몇 종류의 물약에 오러가 검출되었다고 하는군요."

"물약에 오러가? 그게 가능한 건가?"

"이론적으론 가능합니다. 한때 크로니클도 연구를 했었죠. 장수를 위한 약인데……"

"장수?"

"수명 연장 말입니다."

박 소위는 어깨를 으쓱이며 말했다.

"오러를 수련하면 노화가 늦춰지고 수명이 늘어나는 건 알고 계시죠?"

"그래. 거기에 성취가 높을수록 효과도 높아진다고 들었다. 제국 황제는 130살이 넘었는데도 중년으로 보인다며? 팔틱 장로님도 140살인데 여전히 정정하시고."

"네. 하지만 보통은 아무리 오러를 수련해도 그 정도의 경지에 이르지 못합니다. 한계가 빨리 찾아올 수도 있고, 처음부터 오러의 수련에 적합하지 않은 몸일 수도 있으니까요. 그래서 그런 사람들을 위해 젊음을 유지하고 장수할 수 있는 약을 개발했습니다."

"크로니클에서 말인가?"

"제 할아버지… 아니, 글라시스의 조부가 회장이셨을 때 진행하던 프로젝트였습니다. 안타깝게 실패로 끝났죠."

"불가능했나?"

"이론적으론 가능했습니다."

박 소위는 테이블에서 일어나 자신의 펜트하우스를 천천히 배회하기 시작했다.

"저도 보고서는 읽어봤습니다. 오러의 수용액을 만들어 꾸준히 마시면 된다더군요. 마신다고 오러가 체내에 축적되진 않지만… 적어도 노화를 늦추는 효과는 기대할 수 있었습니다."

"그런데?"

"제작 단가가 발목을 잡았습니다. 오러가 녹은 수용액을 만들어내는 비용이 그야말로 천문학적이었죠. 그리고 가장 큰 문제는 '3단계 소드 익스퍼트'의 혈액이 필요하다는 것입니다."

"혈액? 피?"

"네. 그런데 완성된 약으로 효과를 보려면 거의 평생 동안 마셔야 합니다. 그래서 조부는 프로젝트 자체를 중단했습니다. 사업성이 없다고 판단한 거죠."

"그런데 랜드픽은 성공했다?"

"그런 것 같습니다."

박 소위는 고개를 끄덕이며 말했다.

"어쩌면 이건 시제품일지도 모릅니다. 아니면 오직 스카노스 회장을 위해 만들어낸 단 하나의 물약일 수도 있습니다. 스카노스는 오러 유저도 아닌데 나이에 비해 엄청난 젊음을 유지하고 있다고 하니까요."

"사실이라면 대단하군. 장수의 물약이라……."

"고생했을 랜드픽에는 미안한 말이지만 저희 연구 팀의 분석이 끝나면 카피를 통해 대량생산이 가능할지도 모릅니다."

"대량생산? 하지만 소드 익스퍼트의 혈액이 필요하다고 하지 않았나?"

"하지만 이 물약은 상온에서 보관 중이었다고 하지 않았습니까? 그렇다면 혈액에서 추출한 건 아닐 겁니다."

박 소위는 자신감 있는 표정을 지어 보였다.

"저희 크로니클의 연구 팀은 레비그라스 최고를 자부합니다. 랜드픽은 시제품에 불과했지만 저희들은 양산품을 만들어낼 수 있습니다."

"그렇다면 새로운 사업을 시작할 수 있겠군. 말 그대로 떼돈을 긁어모으겠어."

나는 웃으며 말했다.

박 소위는 쓴웃음을 지으며 고개를 저었다.

"저는 크로니클의 모든 걸 털어서라도 준장님이 필요한 것을 제공하려 했습니다만… 오히려 준장님께서 크로니클에 엄청난 돈을 벌어다주시겠군요."

"본의 아니게 산업스파이 같은 짓을 하게 됐군. 어쨌든 랜드픽은 이걸로 큰 타격을 입었겠지?"

"물론입니다. 단순히 장수의 약뿐만 아니라 가져오신 서류만으로도 엄청난 타격을 입힐 수 있습니다. 하지만……."

박 소위는 말을 흐리며 고민했다.

나는 그의 마음을 읽으며 물었다.

"당장 그러면 곤란하겠지? 신성제국과의 균형이 무너질지도 모르니까?"

"그렇습니다. 랜드픽의 군수 사업은 현재로선 대체할 수 없으니까요."

"이참에 크로니클이 진출하는 건 어떤가?"

"장기적으론 가능하겠지만 지금 당장은 무리입니다."

"랜드픽은 자유 진영에 속한 국가들의 기사단이나 고위 장교에 줄을 대고 있습니다. 뒤늦게 사업에 뛰어들어서는 입찰 싸움에서 승리하기 힘듭니다. 물론 말도 안 되는 가격을 적어내면 그쪽도 어쩔 수 없겠지만 이번엔 반대로 크로니클이 휘청거리겠죠."

"복잡하군. 하지만 그런 건 아무래도 좋아."

나는 의자에 등을 기대며 만족한 표정을 지었다.

"중요한 건 랜드픽에 경고가 되었다는 거다. 이쯤 되면 본격적으로 움직이기 시작할 거야."

"움직인다니, 랜드픽이 말입니까?"

"누군가 이렇게까지 노골적으로 자신들을 공격한다면… 결국 자신들이 최근에 어떤 잘못을 저질렀는지 돌아보게 마련이지."

"그렇다면 범인이 준장님으로 좁혀지겠죠. 준장님이 사막에서 무사히 돌아오신 건 이미 저들도 알고 있을 테니까요."

"맞아. 당연히 알고 있겠지."

"하지만 그렇게 되면 더 집요하게 준장님을 공격하지 않겠습니까?"

"물론 그럴 가능성도 있지."

나는 고개를 끄덕이며 말했다.

"하지만 내 생각이 맞는다면 저들은 우선 협상을 하자고
나올 거야."

"협상요?"

"기업은 이윤을 추구하는 집단이니까 네가 더 잘 알지 않
나? 자신들의 손실이 눈덩이처럼 불어나는데도 눈앞의 복수
에 빠져 있을 수는 없지. 물론 그 스카노스라는 인물이 정확
히 어떤 타입인지는 모르겠지만……."

바로 그 순간, 비서실장인 마리아가 문을 두드리며 안으로
들어왔다.

"대표님, 방금 호텔 로비에 손님들이 찾아왔습니다."

"손님?"

"랜드픽에서 나온 분들이라고 합니다. 가능한 회장님과 직
접 상담하고 싶다 합니다. 그리고……."

마리아는 내 쪽을 돌아보며 방긋 미소를 지었다.

"동시에 문 실장님도 꼭 뵙고 싶다고 합니다. 몰려온 사람들
의 얼굴 면면이 만만치 않더군요."

나는 가볍게 웃으며 박 소위에게 말했다.

"어때, 내 말이 맞지?"

*   *   *

반은 맞고, 반은 틀렸다.

랜드픽이 범인으로 지명한 것은 내가 아니라 박 소위였다.

정확히는 크로니클사가 의도적으로 기업 테러와 산업스파이 짓을 벌였다고 확신했다.

박 소위, 그러니까 글라시스 회장이 갑자기 뱅가드를 찾아와 장기 투숙을 하고 있는 이유도 같은 맥락으로 해석했다.

반면 날 찾아온 사람들은 전혀 다른 부류였다.

그들은 투기장의 관계자였다.

"샌드 웜 킬러의 다음 시합이 잡혔습니다. 앞으로 2주 후입니다. 당연히 메인 시합입니다. 오랜만에 열리는 4체급 시합이라 엄청난 흥행을 기대하고 있습니다."

관계자는 만면에 웃음을 띠우며 서류를 내밀었다.

그리고 나는 웃는 얼굴에 침을 뱉어주었다.

"저는 이미 은퇴 서류를 보냈습니다. 더 이상 투기장에서 시합을 뛰지 않습니다."

물론 진짜로 침을 뱉은 것은 아니었다. 단박에 거절당한 관계자는 물러서지 않고 압박을 시작했다.

"은퇴는 인정되지 않습니다. 투기장의 규정상, 문주한 님은 앞으로 최소 두 경기를 더 치러야 은퇴가 가능합니다."

"저는 투기장의 계약서를 전부 꼼꼼하게 읽었습니다. 하지만 그런 내용은 없었습니다. 제게 사기를 치는 겁니까?"

"사기가 아닙니다."

관계자는 묘한 미소를 지으며 말했다.

"며칠 전에 규정이 변경되었습니다. 그리고 전에 서명하신 계약서에는 '차후 일부 규정이 변경될 경우 협의를 통해 조정해야 한다'라는 내용이 적혀 있습니다."

"저는 협의를 하지 않았습니다만?"

"협의를 하기 위해 사람을 보냈습니다. 하지만 지정된 주소지에 안 계셨기 때문에 임의로 동의하는 걸로 규정했습니다."

아무래도 내가 사막에 나간 동안 사람을 보낸 모양이다. 나는 재밌다는 표정을 지으며 관계자에게 말했다.

"상관없습니다. 저는 더 이상 거기서 뛸 생각이 없으니까요. 계약이라고 해봐야 제가 안 나가면 그만이 아닙니까?"

"그렇다면 계약상 위약금을 내셔야 합니다."

"위약금? 얼마입니까?"

"100만 씰입니다."

관계자는 회심의 미소를 지었다.

그리고 나는 그 미소를 그대로 돌려주며 말했다.

"알겠습니다. 100만 씰을 내죠."

"…네?"

"위약금 내겠다고요. 그럼 문제없지 않습니까?"

나는 한쪽 어깨를 으쓱였다. 관계자는 당황한 채 말을 잇지 못했다.

"하, 하지만……."

설마 내가 100만 씰의 위약금을 낼 거라곤 상상조차 못 한 모양이다.

그것은 물론 엄청난 돈이었다. 하지만 최근의 '의적' 행위로 인해 챙긴 돈만 60만 씰이 넘는다.

거기에 그동안 모아온 돈과 샌드 웜 킹의 사체에서 뜯어온 것들만 팔아도 충분할 것이다.

그리고 설령 그 돈이 없다 해도 자유 진영 최고의 갑부가 된 박 소위의 힘을 빌리면 끝이다.

투기장의 목표는 분명 자신들의 돈줄을 앗아간 나에 대한 보복이었다.

당연히 다음 시합은 함정을 파놓고 있을 것이다. 그렇다면 쓸데없이 화를 자초할 필요는 없었다.

나는 자리에서 일어나 문 쪽을 가리키며 말했다.

"그럼 계약 파기와 위약금 문제는 나중에 다시 말하도록 하죠. 오늘은 이만 돌아가 주시겠습니까?"

"아니, 잠시만 기다려 주십시오."

관계자는 부리나케 서류철을 뒤지며 말했다.

"한 번만 다시 생각해 주십시오. 이, 일단 다음 시합에 저희 투기장이 준비한 대전료만 해도 승패와 상관없이 30만 씰입니다."

"필요 없습니다. 그만 나가주시지 않겠습니까?"

"큭… 그, 그렇다면……."

관계자는 마지막으로 작은 편지 봉투를 하나 꺼내 내게 내밀었다.

"정 안 되면 이걸 드리라고 하더군요."

"누가 말입니까?"

"높으신 분… 이라고밖에는 드릴 말씀이 없군요."

"높으신 분이라. 하지만 이 안에 100만 씰짜리 수표가 들어 있어도 상관없습니다. 물론 여긴 수표란 게 없지만……."

나는 코웃음을 치며 봉투 안에 들은 편지를 꺼내 읽었다.

샌드 웜 킬러에게.

그대에게 잡힌 다음 시합은 투기장에서 기획한 것이 아니다.

그대를 지명한 자가 있었다.

그는 신성제국의 신관이다.

신관은 비공식적인 루트로 이곳 뱅가드를 찾아왔다.

그리고 투기장에서 그대와의 싸움을 요구했다.

우리는 거절할 이유가 없었기에 그를 무투사로 등록하고 시합을 성사시켰다.

신관은 이렇게 말했다. 만약 당신이 이 싸움을 거절할 경우, 자신이 알고 있는 당신의 '출신'과 '탈출 과정'을 전부 폭로하겠다고.

특히 당신의 탈출 덕분에 남겨진 자들은 모조리 처형되었다고 한다.

부디 현명한 판단을 바란다.

"……."

나는 눈을 감고 생각했다.

'신성제국의 신관이라고? 사막에서 그렇게 당해놓고도 혼이 덜 난 건가?'

문제는 신관이 나의 출신이나 탈출 과정을 폭로한다는 대목이었다.

사실 이제 와서 출신 같은 건 아무래도 상관없었다. 자유진영은 지구인과 지구의 문화에 우호적이니까.

핵심은 탈출 과정이었다.

물론 수용소를 탈출하는 과정에서 내가 신관들을 죽인 것은 문제가 안 된다. 안 그러면 내가 죽을 상황이었으니까.

하지만 우리가 탈출했기 때문에 남겨진 다른 지구인들이 모조리 처형을 당했다는 것은 간과할 수 없었다.

'물론 그렇게 될 거라 예상은 했다. 그리고 그걸로 우리들에게 죄를 물을 수는 없지. 하지만 소문이란 또 다르지 않은가? 자신들만 살기 위해 남겨진 동료들이 전부 죽을 걸 알면서도 이기적으로 탈출했다고 소문이 퍼지면?'

그것은 상상만으로도 끔찍한 불명예였다.

하지만 불명예는 그저 불명예일 뿐이다.

내가 그런 것에 신경 쓰는 인간이었다면 결코 인류가 멸망할 때까지 생존하지 못했을 테지.

정작 궁금한 건 투기장까지 들어가 날 지목했다는 문제의 그 신관이었다.

나는 안절부절못하는 관계자를 보며 물었다.

"혹시 말입니다."

"…네? 네?"

"제 다음 시합 상대로 정해졌다는 사람을 직접 만나볼 수 있습니까?"

"네? 아니, 아무래도 그건……."

"저번 시합에서 제가 스컬킹을 어떻게 이겼는지 알고 계시지 않습니까? 그렇다면 같은 방법을 저쪽에서 쓸지 모릅니다."

"아……."

"만약 제게 상대를 미리 만나서 스캐닝을 할 수 있는 권한을 주신다면 이 시합에 대해 긍정적으로 생각하도록 하겠습니다."

그러자 관계자의 안색이 금방 환해졌다.

"정말입니까? 그거면 시합을 승낙해 주실 겁니까?"

"승낙은 아닙니다. 긍정적으로 검토해 보겠다는 것뿐이죠."

"아니, 알겠습니다. 당장 돌아가서 그렇게 보고할 테니 기다려 주시기 바랍니다."

관계자는 즉시 고개를 숙이고는 호텔 방 밖으로 달려 나갔다.

나는 '호기심이 고양이를 죽인다'라는 말을 떠올리며 생각했다.

'박 소위를 변했다고 놀렸더니… 정작 나도 많이 변한 것 같군. 전생의 나라면 상상도 못 할 일이다.'

호기심.

그리고 즉흥적인 판단.

아무래도 이런 것들이 육체의 본래 주인인 레너드 고유의 성격인 것 같다.

'하지만 이런 것들이… 어쩌면 무조건 나쁘진 않을지도 모르겠군.'

나는 고개를 저었다.

전생의 나는 오직 목숨을 부지하며 살아남는 게 유일한 목표였다.

하지만 지금은 다르다.

현재 내 목표는 생존이 아니다. 그렇다면 모든 걸 의심하고 물러서는 것보다는 어쩌면 모든 것에 호기심을 가지고 전진하는 것이 바람직할지도 모른다.

그렇게 나는 애써 스스로의 행동을 정당화하며 쓴웃음을 지었다.

*   *   *

다음 날.

나는 투기장을 찾아 그곳에 대기하고 있는 문제의 신관과 직접 대면했다.

30대로 보이는 체구가 작은 신관은 나를 보며 한마디도 하지 않았다.

물론 나도 대화를 할 생각은 없었다. 나는 양해를 구하지 않고 다짜고짜 스캐닝부터 했다.

이름: 미씽 덴다리
레벨: 13
종족: 레비그라스인

기본 능력
근력: 134(144)
체력: 120(129)
내구력: 77(78)
정신력: 38(39)
항마력: 340(341)

특수 능력
오러: 0(0)
마력: 161(171)
신성: 258(262)
저주: 0(0)

각인: 스캐닝(중급), 언어(중급), 맵온(중급)
마법: 화염(총6종류), 바람(총4종류), 신성(총9종류)

그는 약했다.

물론 현재 나의 스텟과 비교하면 그렇다는 말이지만.

무엇보다 오러를 다루는 전사가 아니었다.

오러로 레벨을 높인 게 아니라 기본 스텟이 현저히 떨어졌다. 덕분에 같은 레벨이라도 힘들 텐데, 하물며 눈앞의 신관은 레벨까지 나보다 아래였다.

마법사로서 순수한 등급은 2단계 로우 위저드로, 내가 뱅가드에 처음 도착했을 때 습격했던 '빛을 쫓는 자'의 마법사와 비슷한 수준이었다.

물론 높은 신성 스텟은 마음에 걸렸다.

나는 그가 가진 신성 마법을 추가적으로 확인한 다음, 호텔로 돌아와 전문가들과 상의를 나눴다.

[신성 마법 9종]

축복 — 체력의 축복(중급), 정신력의 축복(중급), 근력의 축복(하급)

회복 — 상처 회복(중급), 체력 회복(하급), 정신력 회복(하급)

특수 — 섬광, 변환, 연계

"신관이 다루는 마법을 어떻게 알아 오셨는지는 모르겠습니다만……."

박 소위의 개인 경호대 대장인 멀티렌이 무표정한 얼굴로 설명했다.

"뒤에 축복이 붙은 신성 마법은 말 그대로 축복입니다. 해당 스텟을 일정 시간 상승시킵니다. 보통 네 시간 정도 지속됩니다."

"그렇군요. 실제로 얼마나 오릅니까?"

"신관마다 편차가 있습니다. 하급이면 대략 10. 중급은 20 정도 오릅니다."

그렇다면 큰 문제는 아니었다.

멀티렌은 내가 적어준 쪽지의 두 번째 란을 가리키며 말했다.

"회복도 마찬가지입니다. 해당 스텟을 회복시킵니다. 축복처럼 최대치가 높아지는 게 아니라서 해당 스텟이 소모되지 않았다면 소용없습니다. 대신 소모된 스텟의 회복량은 축복보다 높습니다. 하급이 대략 25. 중급이 50 정도 회복됩니다."

"상처는요?"

"마찬가지입니다. 상처를 치료합니다. 하급은 가벼운 상처나 심각하지 않은 골절, 관절의 손상을 치료합니다. 중급부터는 좀 더 심각한 것도 치료합니다."

나는 수용소 시절에 램지가 도미닉의 무릎을 치료하던 것을 떠올렸다. 멀티렌은 바로 마지막 세 번째 줄을 가리키며 말했다.

"섬광은 빛을 만들어내는 마법입니다. 야간에 밝은 빛이 필요할 때 사용합니다. 대낮에도 상대의 시선을 교란하는 방법으로 쓸 수 있습니다. 빛의 신인 레비의 신관들이 익힐 수 있는 고유의 마법입니다."

"이건 등급이 따로 없습니까?"

"없습니다. 물론 개인차는 있다고 들었습니다."

나는 투기장의 곳곳에 설치된 인력(人力) 서치라이트를 떠올리며 고개를 끄덕였다.

"그렇군요. 그럼 다음에 있는 '변환'과 '연계'는 어떤 마법입니까?"

"변환은 자신이 가진 특수 능력의 스텟을 다른 스텟으로 변환시키는 신성 마법입니다. 예를 들어 마력 스텟을 신성 스텟으로, 혹은 반대로 옮깁니다."

"스텟을 옮기다니, 그게 그렇게 간단한 건가요?"

"간단한 게 아닙니다."

멀티렌은 가만히 고개를 저었다.

"변환은 자신이 발현한 스텟밖에 적용할 수 없습니다. 그리고 최대치가 늘어나는 게 아니라 소모된 만큼만 회복시킵니다."

"그렇다면… 이 신관의 경우는 신성 스텟이 전부 소모되었을 때 마력 스텟으로 보충할 수 있다는 말이군요?"

"그렇다고 100퍼센트의 효율로 변환되는 것은 아닙니다. 저는 효율이 70%만 나와도 대단하다고 배웠습니다. 그리고 연계는……."

멀티렌은 기억이 잘 안 나는지, 잠시 생각하다 말을 이었다.

"신성 마법 중에서도 꽤 드문 마법입니다. 효과는 타인의 마법과 연계해서 그 힘을 증폭하는 것입니다."

"증폭? 정확히 어떤 뜻인지 모르겠습니다."

"예를 들어… 다른 동료 신관이 회복 마법을 쓸 때, 증폭을 발동시키면 동료의 마법을 좀 더 강화시킬 수 있습니다. 즉, 혼자서 싸울 때는 전혀 의미가 없는 마법입니다. 그럼 이해가 되셨습니까?"

"대충은… 아니, 감사합니다."

나는 고개를 끄덕이며 말했다.

"이제 확실히 알았습니다. 설명해 주셔서 감사합니다. 경호 대장님은 정말 모르는 게 없으시군요?"

"모르면 안 되니까요. 모르면 글라시스 가문을 지킬 수 없습니다."

멀티렌은 그렇게 말하며 몇 걸음 뒤로 물러났다.

나는 마주 보고 앉은 박 소위를 보며 나지막한 목소리로 말했다.

"정말 훌륭한 부하를 두었군. 아주 든든할 것 같은데?"

"하지만 묻는 것 말고는 말 자체를 안 합니다. 마치 사이보그 보디가드를 둔 기분입니다. 그러고 보니 8년쯤 전이었나… 그 사이보그 놈들과의 전투가 떠오르는군요."

박 소위는 습관적으로 왼팔을 주무르며 말했다.

나는 고개를 끄덕이며 과거를 떠올렸다.

"기억나는군. 그때 네가 한쪽 팔을 잃었지."

"다행히 금방 기계 팔로 대체했죠. 그런데 준장님, 어째서 신성제국의 신관이 이런 무모한 싸움을 걸어왔다고 생각하십니까?"

박 소위는 종이에 적힌 신관의 기본 스탯을 보며 물었다.

나는 고개를 저으며 말했다.

"확실히는 모르겠군. 일종의 경고가 아닐까 싶긴 한데."

"경고?"

"우린 널 절대 내버려 두지 않을 거다. 수단과 방법을 가리지 않고 반드시 제거할 거다… 그런 경고가 아닐까?"

"음, 그럴 수도 있겠군요."

박 소위는 고개를 끄덕이며 말했다.

"저들은 불과 며칠 전에 대규모의 병력을 날려 버렸습니다. 아무리 대신전이라도 이런 식으로 계속 전력을 소모하진 못합니다. 당장 지구인들을 훈련시키느라 엄청난 전력을 쏟아붓고 있으니까요."

"그만큼 날 경계하고 있다는 거겠지. 전에 사막에서 포위

당했을 때는 산 채로 잡아가려고 하기도 했다. 그걸 따져보면 몇 가지 가설을 세울 수 있지."

나는 잠시 생각하다 말을 이었다.

"일단 귀환자로 육성 중인 지구인들 중에 나보다 빠르게 성장한 자는 없다고 추측할 수 있다."

"그게 아니라면 굳이 준장님을 다시 끌고 갈 필요가 없을 테니 말입니까?"

"그렇지. 그리고 두 번째는… 나를 포함해 수용소를 탈출한 지구인들의 존재 자체가 저들에게 있어 어떤 심각한 문제를 일으키고 있다."

"문제라면 어떤 문제를 말씀하시는 겁니까?"

"나도 정확히는 모른다."

나는 한쪽 어깨를 으쓱였다.

"확실한 건 뭔가 문제가 있다는 거다. 그렇지 않고서는 이렇게까지 공력을 기울일 필요가 없을 테니까."

"음… 그렇게 생각할 수도 있겠군요."

박 소위는 심각한 표정으로 고개를 끄덕였다.

"알겠습니다. 그렇다면 일단 거처를 다른 곳으로 옮기는 게 좋을 것 같습니다. 뱅가드는 신성제국의 영토와 직선거리로 너무 가깝습니다. 도시의 분위기도 자유롭고… 외지인에 대한 규제가 약해 활동하기도 편하죠. 저들이 마법사를 동원하면 사막을 건너올 수도 있고, 북해(北海)를 통해 배편으로 돌아올 수도 있습니다."

"동감이다. '최종 작전'을 실행할 땐 결국 돌아와야겠지만 그때까지 이곳에 계속 머무를 필요는 없겠지."

"가장 안전한 곳은 왕도입니다. 왕도 외곽에 제 저택이 있으니 일단 거처를 옮기는 게 어떨까요?"

나는 고개를 끄덕였다. 박 소위는 테이블에서 일어나며 뒤쪽에 있는 멀티렌에게 간단한 지시를 내리기 시작했다.

"…그럼 당장에라도 떠날 수 있습니다. 어떻게 할까요?"

"당장은 안 돼. 나도 정리할 일들이 있다."

가장 먼저 해야 할 일은 뱅가드에 혼자 남게 될 마무사에게 지시 사항을 전달하는 것이었다.

물론 그가 여기서 하는 일은 계속될 것이다.

다만 지금처럼 직접 만나서 보고를 받는 대신, '통신'을 이용해 원거리에서 뱅가드의 정보를 제공받아야 한다.

'물론 크로니클의 정보부가 일은 더 잘하겠지. 하지만 마무사가 가지고 있는 현지 친화적인 커넥션도 중요하다.'

나는 고개를 끄덕이며 말했다.

"떠나기 전에 인사해야 할 사람도 있으니, 내일 오전쯤에 출발하는 게 어떨까 싶군."

"알겠습니다. 그럼 투기장의 제의는 어떻게 하실 겁니까?"

"거절한다."

나는 딱 잘라 말했다.

"물론 정상적으로 싸우면 내가 백 퍼센트 이긴다."

"네. 당연하죠."

"하지만 반대로 생각하면 이건 백 퍼센트 함정이다. 투기장이 기획했든, 신성제국이 기획했든 간에 분명히 꿍꿍이가 있어. 협박도 배제한다. 이제 와서 내 출신을 폭로해 봤자 소용없고, 남겨진 지구인들을 처형한 것도 내 잘못이 아니다. 설사 잘못이 있다 해도 상관없어. 그 정도는 감수한다."

"네. 제 생각도 마찬가지입니다."

박 소위는 환한 얼굴로 내 판단을 지지했다.

"위약금 100만 씰도 걱정 마십시오. 누가 봐도 불공정한 계약입니다. 제게 맡겨주십시오. 크로니클은 레비그라스 최고의 변호단을 가지고 있으니까요. 절대 안 질 자신 있습니다."

나는 쓴웃음을 지으며 물었다.

"레비그라스에도 변호사가 있나?"

"정확히는 자유 진영에만 있습니다. 차원경이 퍼진 지 수백 년이 지났으니까요. 지구에 있는 건 과학 빼고는 몽땅 있다고 봐야죠."

나는 고개를 끄덕이며 테이블에서 몸을 일으켰다.

"그럼 그쪽은 맡기도록 하지. 자꾸 민폐를 끼치는군. 그동안 랜드픽을 털어 모은 돈을 전부 줄 테니 만약 소송에서 지면 쓰길 바란다."

"무슨 그런 말씀을. 준장님이 벌어 오신 돈은 털끝 하나도 건드릴 생각 없습니다."

박 소위는 눈을 크게 뜨며 고개를 저었다. 나는 한쪽 어깨를 으쓱이며 말했다.

"어차피 그 돈 다 싸 들고 갈 것도 아닌데 알아서 사용해. 그보다도 왕도는 어떤 곳이지? 여기 뱅가드보다 큰 도시인가?"

*　　　　*　　　　*

신성제국 알카노이아의 성도(聖都) 류브.

도시의 중심부엔 새하얀 대리석으로 지어진 거대한 대신전이 웅장한 규모로 세워져 있었다.

그에 비해 도시의 서쪽 끝에는 천장이 높고 속이 텅 빈 검은 탑 하나가 덩그러니 서 있었다.

레비의 대신전과는 대조적인 이 탑의 주인은 바로 신성제국 유일의 완전 독립 조직인 '언페이트'였다.

그런 언페이트의 탑 속으로 새하얀 망토를 걸친 신관 한 명이 부드럽게 웃으며 걸음을 내디뎠다.

신관은 탑 안에 홀로 앉아 있는 노파를 향해 우아한 자세로 인사를 건넸다.

"신관 레빈슨이 황태후 전하께 인사를 올립니다."

"어서 오시오, 대신관."

누더기 같은 옷을 걸친 노파가 지팡이를 짚으며 몸을 일으켰다.

그녀는 바로 신성제국의 황제인 '카이엔 누와 크루이거'의 어머니인 유메라 크루이거였다.

동시에 언페이트라는 조직의 수장이었다. 대신관은 만면에 미소를 띠우며 황태후에게 말했다.

"요즘 전하께서 몸이 불편하시다는 이야기를 들었습니다. 하지만 이렇게 건강한 모습을 보니 제 마음이 놓이는군요."

"마음에도 없는 소리는 하지 마시게, 대신관. 이 몸도 갈 때가 다 되었으니까."

황후는 한숨을 쉬며 대답했다.

대신관은 황후가 앉아 있는 탑의 중심부를 따라 천천히 걸으며 말했다.

"그건 안타까운 말씀이시군요. 폐하께서 들으시면 슬퍼하시겠습니다."

"쓸데없는 소리는 그만하시게."

황후는 대신관을 따라 천천히 고개를 돌렸다.

그녀는 장님이었다. 하지만 대신관의 움직임을 정확히 읽으며 말을 이었다.

"그런 입바른 소리나 하려고 여기까지 온 건 아닐 테지. 용건이 뭔가? 제국에서 유일하게 대신전의 입김이 닿지 않은 이곳에 어찌하여 대신전의 수장이 직접 걸음을 하셨는가?"

"그보다 저는 걱정이 되는군요."

대신관은 고개를 돌려 탑의 입구를 돌아봤다.

"황태후께서 계신 곳에 어찌 경비가 한 명도 없단 말입니까? 제국 기사단에 그렇게 인력이 부족한가요? 당장에라도 제가 명을 내려 충직한 전투 신관을 파견하도록 하겠습니다."

"쓸데없는 소리. 그대가 걱정하지 않아도 허튼 자는 이 탑에 발을 들여놓을 수 없네."

노파는 그렇게 말하며 손에 쥔 지팡이를 쿵 내려찍었다.

그러자 탑 내부에 일순간 수백 개의 불덩어리가 떠올랐다.

화르르르르르르르륵!

일순간 어둑했던 탑 안이 환하게 밝혀졌다.

"호오……."

대신관은 자신의 양옆에도 떠오른 거대한 불덩이를 보며 미소를 지었다.

"과연 황태후 전하. 레비그라스 최강의 아크메이지다운 솜씨이십니다."

"나 같은 건 최강의 축에 들지도 못해."

노파는 고개를 저으며 희뿌연 눈을 번뜩였다.

"그보다도 빨리 용건을 말해주지 않겠나? 그대가 가까이 오면 주변의 마나가 요동을 쳐서 혼란스러워. 가뜩이나 흐려진 내 눈이 더욱 제 구실을 못 한다네."

"죄송합니다, 전하. 전하께 고통을 드릴 생각은 추호도 없었습니다."

대신관은 정중히 사과하며 말했다.

"제가 여기까지 직접 찾아온 이유는 바로 전하의 힘을 빌리기 위해서입니다."

"내 힘?"

노파는 눈살을 찌푸리며 말했다.

"대신관인 그대가 언페이트의 수장인 내 힘을 빌리겠다, 이건가?"

"언페이트라 해서 대신전과 협력하지 않으란 법은 없지요. 무엇보다 전하와 제 사이가 아닙니까?"

"헛소리 마시게. 우린 아무 사이도 아니야."

"그럴 리가요. 저희 모두 위대한 빛의 신께 직접 계시를 받는 몸이지 않습니까?"

대신관은 하얀 이를 드러내며 웃었다.

노파는 불쾌한 얼굴로 얼굴을 돌렸다.

"그런 소리, 사람들 있는 데서 함부로 하지 마시게."

"물론입니다. 류브에서 인구 밀도가 가장 낮은 언페이트의 탑 정도나 되니까… 이런 말도 함부로 할 수 있는 겁니다. 그러고 보니 얼마 전에 최하급 수용소에서 노예들이 탈출한 사건을 알고 계십니까?"

대신관은 단도직입적으로 물었다. 노파는 한숨과 함께 고개를 끄덕였다.

"알고 있네."

"그럼 설명이 쉽겠군요. 저는 그동안 탈출한 노예를 잡기 위해 여러 가지로 수를 썼습니다. 노예들이 도착한 도시의 지하 조직을 이용하기도 하고, 현지의 정보를 받아 사막에서 그자들을 포위해 섬멸할 뻔도 했습니다."

"그 소식은 나도 들었네. 전멸에 가까운 피해를 입었다고 하지 않았나?"

그러자 미소를 띤 대신관의 눈매가 살짝 흔들렸다.

"그랬습니다. 실패했습니다. 수백 명의 전투 신관에, 애써 빌린 제국마도사단의 마법사에, 대신전이 자랑하는 하이 템플러(High Templar)까지 동원했는데도 말입니다."

"하이 템플러는 소드 익스퍼트가 아닌가? 그래도 실패했다고?"

"맞습니다. 그것도 2단계 소드 익스퍼트 두 사람을 보냈지만… 노예들의 조력자가 좀 더 강했던 모양입니다."

"그거 안타까운 이야기로군."

노파는 얼굴에 조소를 띠었다.

"피해가 막심하겠어. 요즘은 지구인을 육성하느라 대신전도 여유가 없을 텐데 말이네."

"말씀하신 대로입니다. 그래서 전하께 도움을 요청하려 합니다."

대신관은 고개를 숙였다. 노파는 고개를 갸웃거리다 말했다.

"나는 이해가 안 가."

"무엇이 말씀이십니까?"

"그대가 어찌해서 그 탈출한 노예에게 이리도 집착하는지 말이네. 최근에는 제국 3군 총사령관까지 괴롭히고 있는 것 같은데. 이쯤 되었으면 그냥 내버려 두는 게 어떤가? 분명 피해는 더 큰 피해를 부를 것이야."

"하지만 그럴 수가 없습니다."

"어째서?"

"왜냐하면……."

고민하는 대신관의 눈에 순간적으로 탐욕의 빛이 스치며 지나갔다.

"새로운 퀘스트가 떴기 때문입니다."

"…뭐?"

노파는 자신도 모르게 주변을 살폈다.

"그 단어는 입에 담지 마시게! 금기의 비밀 아닌가!"

"물론 그렇습니다만 말한다고 해서 신께서 저희에게 벌을 내리시는 것도 아닙니다."

대신관은 자신만만하게 말했다.

"제게 새로운 퀘스트가 뜬 건 무려 40년 만입니다. 마지막 초월 능력을 얻은 이후로… 40년 만에 새로운 초월 능력을 얻을 기회가 생긴 겁니다."

"그런……."

"기억나십니까? 그 오래전에 저희들이 서로의 초월 능력을 확인했던 그날? 전하께서는 '스캐닝'과 '감정'의 초월 능력을 가지고 계셨죠. 저는 '스캐닝'과 '전이'의 초월 능력을 가지고 있었고요."

"…당연히 기억하네."

노파의 주름진 얼굴엔 어느새 깊은 근심이 드리워져 있었다.

"그게 벌써 90년도 넘었군."

"그때는 전하께서도 아직 아름다움이란 걸 보존하고 계셨는데 말입니다. 솔직히 저는 안타깝습니다. 전하께서도 제가 개발한 '영생의 물약'을 드신다면 얼마든지 젊음을 유지하실 수 있었을 텐데……."

"그만, 그만하시게."

노파는 고개를 세차게 저으며 말했다.

"나는 그런 이야기를 듣고 싶지 않아. 내가 보고 싶은 건 오직 이 제국의 운명뿐이네. 그러니 부탁할 게 있으면 빨리 부탁하고 사라져 주시게나."

"알겠습니다."

대신관은 고개를 끄덕이며 말했다.

"제게 새로 생긴 퀘스트는 '문주한을 죽여라'입니다. 문주한은 탈출한 지구인 중 한 명이죠."

"…그래서?"

"처음에는 제가 직접 죽여야 한다고 생각해서 생포하라는 명령을 내렸습니다. 하지만 좀 더 생각해 보니… 꼭 직접 죽일 필요는 없더군요. 수십 년 전에 성공한 퀘스트도 그랬으니까요. 단지 저는 협력만 했는데도, 퀘스트의 목표를 제거하자 제 퀘스트까지 성공했습니다."

"그래서 어쩌라는 건가? 설마 나보고 사막을 건너 그 지구인을 해치우라는 건 아니겠지?"

"전하께서는 딱 한 가지만 해주시면 됩니다."

대신관은 미소를 지으며 말했다.

"제가 뱅가드까지 연결된 전이의 게이트를 만들겠습니다. 전하께서는 게이트를 건널 필요도 없이, 그냥 여기서 건너편을 향해 마법을 써주시면 됩니다."

황태후는 눈살을 찌푸렸다.

"게이트 너머라니. 그런 짓을 하면 마법의 위력이 급감하지 않나?"

"상관없습니다. 아무리 위력이 떨어져도 전하께서 쓸 수 있는 가장 강력한 마법 정도면 충분한 위력이 나올 테니까요."

"후우……."

노파는 긴 한숨을 내쉬며 고개를 저으며 말했다.

"대신관, 내가 한마디만 하지."

"말씀하십시오, 전하."

"퀘스트에 집착하지 마시게. 그대는 이미 차원마저 넘나들 수 있는 초월 능력을 가지지 않았나? 여기서 굳이 무엇을 또 가지려 하지?"

"무엇을 가지기 위함이 아닙니다."

대신관은 입가에 미소를 지으며 말했다.

"제게 퀘스트를 내리는 유일한 존재는 바로 빛의 신 레비 그분뿐이십니다."

"……."

"그분이 제게 요구하신 겁니다. 저는 그저 따를 뿐입니다. 보상은 중요한 게 아닙니다. 신의 뜻에 복종하는 것, 그것이야 말로 저의 유일한 소명이니까요."

"그대는 기어이 그 퀘스트들을……."

"해결할 겁니다. 그 무슨 짓을 해서라도."

대신관은 몸을 돌리며 말했다.

"내일 밤에 다시 찾아오겠습니다. 부디 빛의 신의 뜻을 이루기 위해 협력해 주시기 바랍니다."

그러고는 탑의 입구를 향해 걸어가기 시작했다.

노파는 대신관의 활기찬 뒷모습을 보며 왼쪽 눈을 가볍게 찌푸렸다.

그녀가 확인하고 싶은 것은 바로 대신관이 가진 퀘스트였다.

퀘스트1: 지구의 모든 인류를 절멸시켜라(최상급)

퀘스트2: 빛의 신 레비를 제외한 다른 모든 신의 성물을 파괴하라(최상급)

퀘스트3: 180살까지 생존하라(상급) —현재 138세
퀘스트4: 레비그라스 차원에 존재하는 지구인 문주한을 죽여라(상급)

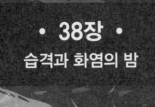

· 38장 ·
습격과 화염의 밤

나는 침대에 누운 채, 왼손에 찬 손목시계를 보며 박 소위의 말을 떠올렸다.

"기계식 시계라 하루에 한 번씩 태엽을 감아줘야 합니다. 오러 유저들도 쓸 수 있도록 내구력을 강화한 시제품인데… 준장님께서 먼저 써보고 소감을 말해주시면 감사하겠습니다."

한마디로 크로니클이 최근에 개발한 신제품이었다.
나는 시계 속에서 딸깍거리는 미세한 진동을 느끼며 천천히 눈을 감았다.

내일이면 뱅가드를 떠난다.

좋은 일보다는 위험한 일이 더 많은 도시였다.

하지만 그건 뱅가드의 잘못이 아니었다.

이곳은 레비그라스에서도 손꼽힐 만큼 번화하고 발전된 도시다. 치안이나 교통망도 완벽하게 갖춰져 있고, 시민들은 정력적이며 진취적이다.

문제는 오히려 나였다.

'오히려 내가 이 도시에 위험을 끌어들인 셈이지… 그동안 미안했다.'

나는 뱅가드에 사과하며 잠을 청했다.

그렇게 의식이 서서히 가라앉으려는 순간, 어딘가에서 강렬한 굉음이 들렸다.

콰아아아아아아아아앙!

동시에 엄청난 기세로 건물이 흔들렸다. 나는 스프링처럼 몸을 일으키며 호텔의 복도로 뛰쳐나왔다.

"무슨 일이야!"

같은 층에 있는 다른 동료들도 일제히 밖으로 튀어나왔다. 나는 복도가 순식간에 뜨거워지는 걸 느끼며 소리쳤다.

"적의 공격입니다! 모두 계단으로 내려가세요!"

호텔의 중심부엔 무려 '인력'으로 움직이는 구식 승강기가 있다. 하지만 야간에는 쓸 수 없어 계단을 이용하는 수밖에 없었다.

빅터는 급히 도미닉에게 램지를 챙기라 명령하며 물었다.

"뜨거워! 아래층에 불난 거 아닌가?"

"일단 내려가서 확인하죠!"

그렇게 일단 내려간 8층은 복도 전체가 이미 불바다였다.

먼저 내려간 커티스가 눈을 부릅뜨며 말했다.

"어떻게 하지? 내가 텔레포트로 1층에 내려가 상황을 파악하고 다시 돌아올까?"

"아니! 그건 안 됩니다!"

나는 즉시 고개를 저었다.

"밖에는 이미 적들이 대기하고 있을 겁니다. 제가 먼저 내려가서 상황을 정리하겠습니다. 여러분 모두 그다음에 내려오세요."

"먼저 어떻게 내려가려고?"

"물론 뛰어내릴 겁니다."

나는 불길이 치솟는 복도를 노려보았다. 그러자 빅터가 숨을 들이켜며 소리쳤다.

"잠깐! 여기 8층이야! 괜찮겠어?"

"저는 괜찮습니다. 하지만 여러분들은 무리입니다. 아무리 각성을 했어도… 최대한 아래층으로 내려간 다음에 뛰어내리세요. 제가 지상을 정리한 다음에 말입니다."

"뛰어내리려면 복도로 나가야 해! 우리가 화염을 견딜 수 있을까?"

"오러를 발동하면 가능합니다. 램지 씨만 잘 챙겨주세요!"

나는 곧바로 오러를 발동시키며 8층 복도를 향해 달렸다.

이 정도는 문제도 아니다.

1단계 소드 익스퍼트는 토마호크 미사일을 직격으로 맞아도 버텨낸다. 이 정도 불길로는 눈 하나 깜짝하지 않는다.

문제는 공격을 감행한 적들의 수준이었다.

'하필 박 소위가 자리를 비운 틈을 타서 공격하다니… 멀티렌이나 마리아가 있었다면 어지간한 상대는 두려워할 필요가 없었을 텐데.'

박 소위는 랜드픽의 중역들과 비밀 회담을 하러 다른 호텔로 떠났다.

나는 이마저도 적들의 계획 속에 포함된 일이라 생각하며 이를 갈았다.

랜드픽과 신성제국이 본격적으로 손을 잡았다.

내가 속을 긁어놨기 때문일까?

아니면 처음부터 이런 관계였나?

'지금은 그걸 따질 때가 아냐.'

지금 집중해야 할 것은 그저 시간이 더 지나 건물이 완전히 무너지기 전에 어떻게든 지상의 안전을 확보하는 것뿐이다.

그래야 동료들이 무사히 빠져나올 수 있을 테니까…….

나는 이를 악물며 창문 밖으로 몸을 던졌다.

이미 박살 난 창문 너머로 내곽 도시의 드넓은 밤하늘이 떠올랐다.

이곳은 8층이다.

지상까지는 대략 30미터.

일반인이라면 지면에 충돌하는 순간 온몸의 뼈가 박살 날 것이다.

하지만 나는 견딜 수 있다. 추락의 피해보다는 반드시 지상에 있을 적의 존재가 문제였다.

나는 자유낙하를 하며 곧바로 칼을 뽑았다.

동시에 캄캄한 지면에 정체불명의 일렁임이 보인다.

'저건 뭐지?'

나는 눈을 크게 떴다.

호텔의 정문 바로 앞쪽으로 일정한 공간 전체가 아지랑이처럼 일렁이고 있다.

그리고 그 주변으로 세 명의 남자가 서 있었다.

신관.

복장만 봐도 자신이 신관이라는 것을 노골적으로 드러내고 있었다.

그 세 명 모두 고개를 치켜들고 날 노려보고 있다.

나는 그중에 왼편에 선 신관을 노려보았다.

'저놈은?'

바로 오늘 낮에 투기장에서 만났던 그 신관이다.

신성제국에서 파견한 암살자.

물론 대놓고 시합을 신청했으니 암살자라고 말하긴 뭐 하지만.

'뭔가 하고 있다.'

녀석들은 기묘한 자세로 서로에게 손을 겨누고 있다.

분명 마법을 준비하는 것이리라. 호텔에 충격을 준 바로 그 마법을.

나는 왼손에 오러 실드를 전개하며 충격에 대비했다.

그리고 찰나의 단위로 녀석들의 움직임을 주시했다.

그때 나는 호텔의 5층 높이까지 낙하하고 있었다. 바로 옆으로 움푹 파인 호텔의 측면이 눈에 들어왔다.

'엄청난 위력이군.'

호텔의 4층부터 6층 사이에 마치 폭탄이라도 터진 것처럼 거대한 홈이 파여 있다.

그리고 파인 홈을 중심으로 발생한 화염이 호텔 전체로 번지고 있다.

'저 신관들이 사용한 마법일까? 하지만 낮에 봤던 신관은 이런 위력의 마법을 쓸 수 없을 텐데?'

하지만 실제로 사용했다.

그리고 이번에는 분명 그 마법을 내게 쓸 것이다.

'얼마든지 날려봐라. 다 받아줄 테니까.'

나는 각오했다.

그리고 그 순간, 일렁이는 공간에서 강렬한 섬광이 뿜어져

나왔다.

섬광은 왼편에 서 있는 신관의 손바닥으로 빨려 들어갔다.

동시에 그 신관은 중앙에 서 있는 다른 신관에게 다른 손을 뻗었다.

뻗은 손에서 처음과 같은 섬광이 뻗어 나간다.

처음보다 훨씬 굵고 강렬한 섬광이.

그러자 중앙에 서 있는 신관도 똑같은 행동을 하며 오른쪽의 신관에게 섬광을 연결했다.

그리고 마지막으로 섬광을 연계한 신관이 내 쪽을 향해 손을 뻗었다.

저건 분명히 강력한 마법일 것이다.

찰나의 순간이었지만 확신할 수 있다.

그게 정확히 무엇인지는 몰라도 일렁이는 공간에서 넘어온 빛을 무려 세 번에 걸쳐 증폭시켰다.

나는 이를 악물었다.

그리고 마지막 신관이 쏘아낸 섬광이 내가 내민 오러 실드의 정중앙을 강타했다.

하지만 느껴지는 건 아무것도 없었다.

"……?"

내가 느낄 수 있던 유일한 감각은 그저 약간 눈이 부신다는 것뿐이었다.

'뭐지, 이건?'

변화는 약 1초 후에 찾아왔다.

신관이 쏘아낸 빛이 내 몸 전체를 감싼 순간, 갑자기 사방이 캄캄해지기 시작했다.

'분명이 빛에 둘러싸였다. 그런데 어째서 사방이 캄캄해진 거지?'

그 말도 안 되는 모순 속에서 나는 순간적으로 의식이 아득해지는 걸 느꼈다.

온몸에 힘이 풀리며 손끝 하나 까딱할 수 없다.

나는 이해할 수 없었다.

대체 무슨 공격을 당한 걸까?

대체 어떤 마법이기에 소드 익스퍼트를 이렇게까지 간단하게 제압할 수 있는 걸까?

＊　　　＊　　　＊

정신을 차렸다고 생각한 순간, 나는 비명을 질렀다.

"……!"

하지만 비명 소리는 밖으로 퍼져 나가지 못했다.

나는 붉은색의 뜨겁고 무거운 액체 속에 빠져 있다.

'뭐야, 이건!'

그리고 그것의 정체를 파악하기도 전에 내 몸을 감싼 오러가 완전히 소모되며 사라졌다.

그다음은 견딜 수 없는 고온의 압력과 고통이었다.

1단계 소드 익스퍼트의 내구력 따위는 3초도 버텨내지 못할 만큼 엄청난 열기.

나는 머릿속의 뇌가 끓는 걸 느끼며 빠르게 의식을 잃었다.

정확히는 빠르게 죽음을 맞이했다고 해야겠지만……

*　　　　*　　　　*

그것의 정체는 용암이었다.

정신을 차렸을 때, 나는 딱딱한 바위 위에 쓰러져 있었다.

그리고 바로 옆으로 시뻘건 용암이 출렁거렸다.

"허윽……"

나는 신음 소리를 내며 곧바로 몸을 일으켰다.

뜨겁다.

엄청나게 뜨겁다.

나는 최대한 용암으로부터 거리를 벌렸다.

하지만 금방 벽에 등이 닿아 더 이상 물러날 수 없었다.

'대체 여긴 어디지?'

사방을 둘러봐도 보이는 건 바위의 벽뿐.

그리고 그 사이에 거대한 용암의 강이 흐르고 있다.

푸확!

마침 용암이 솟구치며 내가 쓰러져 있던 자리를 덮쳤다.

"큭……."

나는 이를 악물며 생각했다.

대체 뭐가 어떻게 된 건지 하나도 모르겠다.

'확실한 건 여기가 뱅가드가 아니란 거다. 대체 어떻게 된 거지? 난 어쩌다가 이런 곳에 떨어진 거지?'

그 순간, 나는 신관들이 쏘아낸 강렬한 섬광을 떠올렸다.

그 섬광이 날 이곳까지 날려 버린 걸까?

'말도 안 돼! 하지만… 신관들은 지구인을 레비그라스 차원까지 강제로 소환했다. 그렇다면 방금 그 빛이… 차원을 이동하는 게이트를 만든 건가? 그렇다면 난 다시 지구로 넘어온 거야?'

그렇다면 여기는 지구의 어딘가에 있는 용암지대일까?

물론 확신할 수 있는 건 아무것도 없다.

그사이, 넘실대는 용암이 내가 서 있는 곳까지 자신의 영역을 넓혔다.

뜨겁다.

만일 내가 소드 익스퍼트가 아니었다면 이곳에 그저 서 있는 것만으로도 호흡기와 피부에 심각한 화상을 입었을 것이다.

그리고 죽어버렸겠지.

나는 곧바로 손에 쥔 칼을 치켜들었다.

지금 바로 자살하면 다시 레비그라스 차원으로 돌아갈 수 있을지도 모른다.

5분 전으로.

어쩌면 호텔에서 뛰어내리기 전으로 돌아갈 수도 있다.

그렇다면 신관들이 호텔에 충격을 주기 전에 미리 낮은 층으로 몸을 피하면 된다.

높은 데서 뛰어내렸기 때문에 신관의 공격을 피할 수 없었던 것이다.

'지면에 발을 대고 있다면 느려 터진 녀석들의 공격 같은 건 간단히 피할 수 있어.'

나는 그렇게 생각하며 심장에 칼을 꽂아 넣었다.

하지만 바로 죽지 않았다.

끔찍한 통증과 함께 무려 20초라는 시간을 버텨냈다.

"이런 빌어먹을……."

나는 욕지거리를 하며 비참하게 죽어갔다.

그것은 새로운 경험이었다.

소드 익스퍼트는 심장을 관통당해도 즉사하지 않는다.

나는 숨이 끊어지기 직전, 다음번에는 좀 더 스마트한 자살법을 만들어내겠다고 다짐했다.

*   *   *

다시 정신을 차렸을 때, 나는 딱딱한 바위 위에 쓰러져 있었다.

"뭐?"

나는 소스라치게 놀라며 즉시 벽 쪽으로 몸을 붙였다.

분명 5분 전으로 돌아갔을 텐데…….

'어떻게 된 거지? 왜 똑같은 시점에서 다시 살아난 거야?'

여전히 넘실거리는 용암이 날 더욱 큰 혼란으로 몰고 갔다.

'안 돼. 침착해라. 여기서 패닉 상태에 빠지면 더 이상 활로가 없어.'

나는 가까스로 냉정을 찾으며 생각했다.

굳이 시간을 따지면 5분 전이 아닌 1분 전으로 돌아간 셈이다.

하지만 그것은 착각이다.

초월 능력에 중대한 변화가 생기지 않은 이상, 나는 확실히 5분 전으로 돌아갔다.

단지 내가 저 바위 위에서 10분 이상 기절한 채 쓰러져 있었을 뿐.

그렇게 생각하면 앞뒤가 맞는다.

덕분에 새로운 공포가 엄습했다.

'만약 저 자리에 10분이 아니라 20분, 아니, 30분 이상 기절해 있던 거라면 어떻게 하지? 그렇다면 아무리 자살해도 레비그라스 차원으로 돌아갈 수 없어!'

나는 오랜만에 눈앞에 떠오른 '3'이라는 붉은색 숫자를 노려보며 이를 갈았다.

남은 목숨은 세 개.

그리고 저 바위 위에서 대체 얼마나 기절해 있었는지 모르는 이상, 나는 더 이상 자살이라는 방법을 선택할 수 없다.

과거로 갈 수 없다면 내가 갈 곳은 결국 미래뿐이다.

"그리고 그 미래는 용암에 빠져 죽는 미래지. 하하하……."

나는 자조적으로 웃으며 중얼거렸다.

정신이 혼란스럽다.

나는 손에 쥔 칼을 노려보며 생각했다.

'어차피 방법이 없다면… 도박에 모든 걸 걸고 남은 목숨을 전부 자살에 사용할까?'

그렇다면 지금부터 최대 15분 전으로 돌아갈 수 있다.

하지만 곧바로 고개를 저었다.

'불확실한 일에 모든 목숨을 걸 수 없다. 진정해, 문주한. 과거가 불확실하다고 미래까지 불확실한 건 아니야.'

나는 스스로를 다잡으며 고개를 치켜들었다.

천장이 있다.

용암에서 나오는 빛으로도 환하게 비춰지지 않을 만큼 높은 천장.

중요한 건 '위'가 있다는 사실이다. 나는 일단 칼을 다시 집어넣었다.

그리고 벽에 나 있는 돌출 부위를 따라 천천히 위로 기어 올라가기 시작했다.

물론 내 근력이라면 단숨에 십수 미터를 점프하며 빠르게 올라갈 수도 있을 것이다.

하지만 지금은 모든 것에 주의해야 한다.

만약 점프로 착지한 곳에 돌출 부위가 없거나, 혹은 돌출 부위가 약해서 무너져 내린다면?

나는 그야말로 머저리처럼 용암 속으로 다이빙을 하게 될 테지.

그것만은 피해야 한다.

지금부터 남은 세 개의 목숨을 그야말로 목숨처럼 소중히 여겨야 한다.

나는 정신을 집중하며 바위 벽을 기어 올라갔다.

그렇게 5분 정도 올라갔을까?

나는 가까스로 안쪽으로 푹 파인 동굴 같은 공간을 발견했다.

'천만다행이군…….'

나는 속으로 안도의 한숨을 내쉬며 동굴 속으로 몸을 들이밀었다.

그런데 그 순간 돌풍이 불어왔다.

휘이이이이이이이이이잉!

그것은 상상을 초월하는 위력의 바람이었다.

동굴 반대편에서 엄청난 돌풍이 휘몰아치며 날 뒤쪽으로 날려 버렸다.

"이 무슨······."

너무도 갑작스러운 상황이라 대처할 수가 없었다.

덕분에 나는 거대한 강줄기처럼 흐르는 용암 위로 추락해버렸다.

*   *   *

2.

붉은색으로 더욱 진해진 숫자가 자꾸만 눈앞을 아른거렸다.

마지막 죽음을 통해 내가 얻은 교훈은 크게 두 가지였다.

첫 번째는 인간이 겪을 수 있는 모든 죽음 중에 서서히 용암에 빠져 죽는 것만큼 끔찍한 건 없다는 것.

두 번째는 이곳에 부는 바람이 생각보다 더 강하다는 것이었다.

덕분에 나는 동굴로 진입하는 데 혼신의 힘을 다했다.

우선 몸을 최대한 납작하게 숙인 다음, 동굴 벽 쪽에 튀어나온 바위를 껴안으며 바람에 버텼다.

"소드 익스퍼트가 고작 바람 따위에 목숨을 잃다니······."

나는 허탈하게 웃으며 동굴 벽에 몸을 기댔다.

이제는 바람이 불어도 옆에 튀어나온 바위에 몸을 지탱할 수 있었다.

덕분에 한숨 돌릴 수 있었다.

'그런데 여긴 어디지? 정말 지구인가? 아니면 아직 레비그라스 차원인가? 혹은 다른 차원? 동료들은 어떻게 됐지? 무사히 호텔을 빠져나왔을까?'

잠시나마 안전이 확보되자 애써 잊고 있던 수많은 의문이 몰려든다.

나는 혼란스러운 마음을 가다듬으며 허리에 찬 칼을 움켜쥐었다.

그리고 칼에 깃든 정령을 불렀다.

"크로우, 당장 나와! 물어볼 게 있다!"

마지막으로 샌드 웜 킹을 잡은 이후, 크로우는 한 번도 내 앞에 모습을 드러내지 않았다.

그것은 이번에도 마찬가지였다. 나는 꽤씸한 기분을 느끼며 칼을 뽑아 들었다.

"당장 나와! 안 그러면 저기 용암에 칼을 던져 버리겠어!"

그러자 투명한 검은 뱀이 내 팔을 타며 모습을 드러냈다.

—그만해, 이 미친놈아! 대체 무슨 짓을 하려는 거야!

"이제야 등장하셨군."

나는 코웃음을 치며 물었다.

"그동안 왜 코빼기도 안보였지? 전에는 어떻게든 날 끌어들이려고 안간힘을 썼으면서?"

—나오고 싶어도 나올 수가 없었어. 힘을 전부 써버려서.

"힘?"

―샌드 웜 킹을 잡았잖아? 그때 내가 가진 힘을 몽땅 써버렸어.

"아… 그렇군."

나는 샌드 웜 킹의 위장 속에 칼을 꽂아 넣었던 순간을 떠올렸다.

그러자 새카만 뱀이 투명한 눈알을 깜빡이며 내 얼굴을 노려보았다.

―내가 가진 힘도 무한은 아냐. 모일 때까지 시간이 필요하고, 사용하면 한동안 쉬어야 해. 나처럼 급이 낮은 정령은 지금 이렇게 '물질계'에 모습을 드러내는 것만으로도 힘을 소모해야 한다고.

"그거… 미안하게 됐군, 억지로 불러내서. 하지만 말이야."

나는 좌우로 칼을 휘저으며 말했다.

"보다시피 상황이 급하다. 혹시 알고 있다면 여기가 어디인지부터 설명해 주지 않겠나?"

―이 멍청한 인간이……

크로우는 한숨 쉬듯 고개를 저었다.

―너는 왜 그걸 나한테 물어? 스스로 알아낼 수 있으면서?

"뭐?"

―그리고 가능한 '여기서' 날 불러내지 마. 여긴 너만 힘든 곳이 아냐. 나 따위는 숨도 쉴 수 없는 분께서 계신 곳이야. 그러니까 탈출하기 전까지는 제발 부르지 마. 알겠어?

그리고 검은 뱀은 모습을 감췄다.

처음 봤을 때부터 알고 있었다. 이 녀석이 그야말로 자기중심적인 놈이라는 걸.

하지만 녀석 덕분에 나는 재빨리 냉정을 찾을 수 있었다.

"그래… 내가 정말… 멍청이가 됐나 보군."

나는 나지막하게 중얼거리며 눈앞에 지도를 열었다.

맵온(MAP—ON).

이것만 있으면 이곳이 지구인지 레비그라스 차원인지는 순식간에 알아낼 수 있다.

그리고 나는 안도의 한숨을 길게 내쉬었다.

아직 레비그라스였다.

문제는 이곳의 위치였다. 지도상에 표시되는 것은 오직 내가 있는 대략적인 장소뿐이었다.

카라돈 산맥.

불과 수십 분 전까지 있었던 뱅가드와 직선거리로 4,000킬로미터쯤 떨어진 곳.

'지도를 축소해도… 상세한 지형이 표시되지 않는다. 지도 제작자들이 탐험하지 않은 곳인가? 완전히 오지 같군. 위치상 자유 진영과 신성제국 중에 어느 쪽과 가깝다고 볼 수 없어… 신관들은 대체 어떻게 알고 이런 곳까지 날 날려 보낸 거지?'

나는 냉정을 찾으며 동굴 밖을 살폈다.

이곳은 지하에 용암이 흐르는 거대한 동굴의 일부다.

대체 규모가 얼마나 큰지 상상조차 할 수 없었다.

하지만 바람이 분다는 것을 감안하면 분명 어딘가에 출구가 있을 것이다.

나는 그렇게 희망을 가지며 입술을 깨물었다.

마음 같아서는 한두 시간쯤 여기서 이대로 쉬고 싶다.

하지만 목이 말랐다.

그리고 여기선 죽었다 깨어나도 물을 구할 수 없을 것이다.

'출구를 발견할 때까지 대체 며칠이 걸릴지 모른다. 한가롭게 쉬고 있을 시간이 없어. 당장 움직여야 해.'

나는 동굴 벽에 몸을 밀착시키며 몸을 일으켰다.

그리고 들어왔던 입구의 반대편으로 천천히 움직였다.

바람이 불어오는 방향으로.

그렇게 5분 정도 이동하자, 동굴이 완전히 캄캄해졌다.

나는 꺼뒀던 오러를 다시 발동시키며 앞으로 전진했다.

'용암으로부터 멀어지는 건가? 하지만 여전히 뜨거운데…….'

나는 오러로도 완전히 막아낼 수 없는 열기에 진땀을 흘렸다.

그렇게 얼마나 더 걸었을까?

다시 정면이 환해지기 시작했다.

더불어 공기는 더욱 뜨거워졌다. 나는 밀착한 동굴 벽으로부터 엄청난 열기를 느끼며 긴장했다.

지금 나는 무언가 엄청나게 뜨거운 것과 가까워지고 있다.

무언가 잘못되고 있다.

하지만 이제 와서 뒤로 돌아갈 수는 없다. 최소한 건너편에 무엇이 있는지는 확인해야 한다.

그래서 나는 계속 전진했다.

그렇게 동굴의 끝에 도착한 순간, 나는 탄식했다.

"아……."

그것은 용암의 호수였다.

거대한 공간에 너무도 많은 용암이 고여 있다.

여기가 바로 이 엄청난 열기의 근원이다.

처음 정신을 차렸을 때 근처에 있던 용암의 강줄기는 이곳에 비하면 동네에 흐르는 시냇물과도 같았다.

'여기가 용암의 근원이다. 방향이 잘못됐군. 오히려 더 깊숙한 곳으로 들어와 버렸어.'

나는 시간을 낭비했다고 생각하며 급히 몸을 돌렸다.

그런데 그때, 등 뒤로 무언가 엄청난 소리가 들렸다.

푸화아아아아아아아아아아아악!

무언가 거대한 것이 용암 호수에서 솟구쳤다.

소리만 듣고 떠올린 것은 사막에서 모래 위로 솟구쳐 오르는 샌드 웜이었다.

'설마… 용암 속에 사는 생물?'

그런 건 불가능하다.

지구라면.

하지만 여기는 레비그라스였다. 나는 그 자리에 경직된 채,

가까스로 고개만 돌려 그것을 확인했다.

다행히 그것은 생물이 아니었다.

용암이었다.

용암 호수의 중심부로부터 용암 그 자체가 간헐천처럼 솟구쳐 올랐다.

그런데 솟구친 용암이 그대로 멈춰 있다.

"……?"

이것은 물리적으로 이해할 수 없는 현상이다.

심지어 솟구친 용암의 일부가 내가 있는 동굴을 향해 천천히 다가오기 시작했다.

뜨겁다.

지금까지도 뜨거웠지만 점점 더 맹렬하게 뜨거워지고 있었다.

나는 뒷걸음쳤다.

파직! 파직!

그것은 내 몸을 감싼 오러가 주변의 열기에 저항하는 소리였다.

단지 열기에 저항하는 것만으로도 오러가 빠르게 소모되고 있다.

그때 어딘가에서 타오르는 듯한 목소리가 울렸다.

—이래서 용암은 싫다니까?

나는 경직된 채 그것을 노려보았다.

목소리가 들린 곳은 바로 솟구친 거대한 용암 줄기였다.

*　　　*　　　*

　용암이 말을 했다.

　'내가 미쳤나?'

　순간 그런 생각이 들었다.

　하지만 이곳은 레비그라스고, 나는 언어의 각인을 최상급까지 높인 정령사다.

　그렇다면 생각할 수 있는 건 하나다. 나는 마른침을 삼키며 소리쳤다.

　"그쪽은 정령인가? 용암의 정령?"

　그러자 다시 목소리가 들렸다.

　—틀렸어. 정령사 주제에 넌 내가 용암 따위로 보이는 거야?

　물론. 아무리 다시 봐도 용암으로밖에는 안 보인다.

　나는 계속 뒷걸음치며 말했다.

　"그럼 뭐지? 아니, 뭐든 간에 내가 너무 뜨거워서 힘드니까… 뒤로 물러나 주지 않겠나?"

　—확실히 힘들어 보이네. 도와줄까?

　"뭐?"

　팟!

　그 순간, 나를 중심으로 투명한 붉은빛의 장벽이 펼쳐졌다.

　그러자 동시에 고통스러운 열기가 사라졌다. 나는 여전히 이글거리는 주변의 아지랑이를 보며 말했다.

"이게 뭐지? 열기를 차단한 건가?"

—정령왕의 장벽이야. 허접한 화염계 마법들과는 차원이 다르다고.

용암은 자랑스럽게 말했다.

그리고 나는 지독히 거대한 존재 앞에서 한없이 작아지는 것을 느꼈다.

"…정령왕의 장벽?"

—그래.

"그렇다면 당신이… 정령왕?"

—달리 뭐겠어?

용암은 강아지의 꼬리처럼 좌우로 몸을 흔들며 말했다.

—내가 불의 정령왕이야. 만나서 반가워. 인간 정령사를 만나는 건 진짜 오랜만이네, 한 3천 년만인가?

그 순간, 솟구친 용암이 사방으로 폭발했다.

콰과과과과과과과과과과과광!

"큭!"

나는 즉시 오러 실드를 발동시키며 몸을 움츠렸다.

하지만 폭발한 용암의 파편은 내 몸에 닿지 못했다. 정령왕이 쳐놓은 장벽이 모든 것을 완벽히 막아주었다.

'이건 무슨 병 주고 약 주는 건가……'

나는 움츠렸던 몸을 일으키며 정면을 바라보았다.

그곳엔 더 이상 용암이 없었다.

대신 마치 태양처럼 찬란한 무언가가 떠 있었다.

—아, 미안. 내가 좀 밝지? 온도를 낮출게. 기다려 봐.

동시에 눈부신 빛이 서서히 사그라졌다.

그제야 나는 정령왕의 형체를 자세히 볼 수 있었다.

그것은 불꽃으로 만들어진 여성의 형상이었다.

—너는 인간이니까 나도 인간처럼 몸을 만들어봤어. 어때? 괜찮아? 사실 인간이라기보다는 전에 만났던 엘프의 모습을 본뜬 건데. 별로 상관없지?

"…네. 상관없습니다."

나는 즉시 대답했다. 그리고 새롭게 생겼던 퀘스트를 떠올렸다.

퀘스트4 — 5대 정령왕 중 하나의 힘을 얻어라(상급)

힘을 주십시오.

그렇다고 이 와중에 다짜고짜 그런 이야기를 꺼낼 수는 없었다. 그러자 정령왕이 손사래를 치며 내가 있는 동굴 속으로 들어왔다.

—에이, 그렇게 너무 뺄 필요 없어. 가지고 싶은 게 있으면 달라고 해. 세상일이란 게 다 그런 거 아니겠어? 도전하지 않으면 실패도 없다?

"…네?"

─아니, 도전하지 않으면 성공도 없다였나? 뭐, 아무래도 좋아.

정령왕은 내 바로 앞까지 다가와 멈춰 섰다.

나는 적나라하게 드러난 그녀의 화염 나신을 보며 눈살을 찌푸렸다.

"정령왕도 같은 정령일 테니… 제 생각을 읽을 수 있는 겁니까?"

─같은 정령? 뭐랑 같은 정령? 아무튼 읽을 수 있어. 하지만 너도 지금 내 생각을 듣고 있는 거니까 피장파장이지?

정령왕은 어깨를 으쓱였다. 나는 쓴웃음을 지으며 말했다.

"모습을 자유자재로 바꾸실 수 있는 모양이군요. 여기 있는 크로우는 뱀의 형상을 하고 있습니다만."

나는 허리에 찬 칼을 가만히 움켜쥐었다.

그러자 정령왕은 고개를 갸웃거렸다.

─그게 뭐지? 뭔가 있긴 있는데… 아, 인조 정령인가?

"인조 정령?"

─인간이 만든 도구에 깃든 정령 말이야. 아, 물론 인간보다는 엘프나 드워프가 만든 도구에 잘 생겨. 어쨌든 나처럼 자연적으로 발생한 녀석들은 아니야. 그래서 차별적으로 인조 정령이란 표현을 쓰고 있지.

정령왕은 불꽃으로 휘날리는 머리를 진짜 머리카락처럼 쓸어 넘겼다.

나는 슬슬 장벽 너머로까지 열기가 전해지는 걸 느끼며 긴장했다.

"차별은 좋지 않습니다. 어쨌든 당신은 저를 적대하지 않으시는 것 같군요?"

―적대? 무슨 소리야? 정령이 정령사를 왜 적대해?

정령왕은 불꽃으로 가득 찬 커다란 눈을 깜빡였다.

―레비그라스의 물질계에서 내가 몸담을 곳은 이런 용암뿐이야. 이제 겨우 다른 식으로 활약할 수 있는 기회를 찾았는데, 아니, 기회가 넝쿨째 굴러 들어왔는데 내가 왜 그 기회를 적대하겠어? 안 그래?

· 39장 ·
불의 정령왕과의 거래

—물론 힘을 빌려주는 것도 상성이란 게 있어. 사실 나는 꼭 정령사가 아니라도 괜찮다 싶으면 계약을 맺어줄 수도 있거든. 그러고 보니 60년쯤 전에도 어떤 인간이 여기까지 찾아왔었지.

불의 정령왕은 물어보지도 않았는데 자신의 이야기를 줄줄이 늘어놓았다.

—근데 맘에 안 드는 인간이더라고. 신관이었거든.

"신관요?"

—그래. 다른 신관은 상관없는데 빛의 신 레비는 맘에 안 들어. 모든 걸 독차지하려고 하거든. 어쨌든 내 앞에 와서 꿰

스트를 달성해야 한다고, 힘을 빌려달라고 마구 소리치는데…
맘에 안 들어서 그냥 날려 버렸어.

정령왕은 오른팔을 크게 휘두르며 말했다.

그것은 충격적인 이야기였다. 나는 눈을 크게 뜨며 정령왕
을 노려보았다.

"방금 퀘스트라고 말하셨습니까? 레비교의 신관이 여기까
지 찾아와서 퀘스트를 해결해야 한다고 말했다, 이 말입니까?"

—그렇다니까? 예전부터 그렇게 가끔 찾아왔어. 인간도 그
렇고, 드워프도 그렇고, 엘프도 그렇고.

역시 그랬다.

레비그라스 차원에는 나 말고도 퀘스트를 받고 있는 인간
들이 있었다.

그러자 정령왕이 심심하다는 얼굴로 뒷짐을 지며 한 발 더
다가왔다.

—혼자 생각하지 말아줄래? 나도 다 들리는데, 어째 날 무
시하는 거 같아서 기분이 별로야. 생물과 대화하는 건 60년
만인데 나 좀 신경 써줘라, 응?

"아… 네, 죄송합니다."

나는 급하게 정령왕을 주시했다. 정령왕은 그제야 배시시
웃으며 고개를 끄덕였다.

—좋아. 음… 그래. 너는 참 특이한 인간이구나? 레비그라
스인이 아니야. 그렇지?

"네, 그렇습니다."

─그리고 육체와 영혼도 달라. 이런 건 또 처음 보네? 요즘 밖에는 너 같은 인간들이 많이 생겼어?

"그렇지는 않습니다. 하지만 몇 명 정도는 있는 것 같습니다."

나는 솔직하게 대답했다. 정령왕은 호기심 어린 얼굴로 고개를 끄덕였다.

─재미있네. 아무튼 너도 퀘스트 깨러 여기까지 온 거지? 정령왕의 힘을 빌려라! 이거?

"결과적으로 그렇게 되었습니다만… 저는 제 의지로 여기까지 온 게 아닙니다."

나는 뒤쪽에 이어진 통로를 돌아보며 말했다.

"레비교의 신관들에게 공격을 받아 강제로 여기까지 날려졌습니다."

─날려졌다고? 그게 무슨 뜻이야?

"공간을 뛰어넘은 것 같습니다. 레비교의 신관들은 비슷한 기술을 사용해서 지구의 인간들을 레비그라스로 강제 소환했습니다."

─정말? 그럼 누가 '전이'를 끝까지 높였나 보네?

정령왕은 깜짝 놀라며 몸을 흔들었다.

나는 마른침을 삼키며 물었다.

"전이가 어떤 능력입니까? 각인 능력인가요?"

─비슷한 거야. 땅에 마법진을 그리는 능력인데, 혹시 몰라?

마법진 사이를 텔레포트하게 해주는 능력인데?

"그거라면⋯⋯."

나는 뱅가드의 시내를 촘촘히 연결하고 있는 텔레포트 게이트를 떠올렸다.

"알고 있습니다. 그 마법진을 지면에 새기는 능력이 '전이'입니까?"

─맞아. 그런데 등급이 높아지면 점점 더 특별한 능력이 생겨. 상급이 되면 상대를 강제로 특정 공간에 날려 버리는 능력이 생기고, 최상급이 되면 차원을 이동하는 게이트를 만들 수 있는데⋯ 아, 그럼 그때 그 신관인가 보다!

정령왕은 이글거리는 양손으로 손뼉을 치며 말했다.

─전에 퀘스트 해결하러 왔던 그 신관이 널 날려 버렸나 보네! 확실해. 날려 보내는 곳은 한 번이라도 와봤던 곳만 가능하니까 말이야.

"그렇다면 그 세 명 중에⋯⋯."

나는 속칭 '텔레포트 빔'을 쏘았던 세 명의 신관을 떠올렸다.

그런데 퀘스트를 받은 신관이 이곳에 온 것은 60년 전이라고 한다.

하지만 세 명의 신관은 모두 젊어 보였다.

나는 처음으로 섬광이 새어 나온 일렁이는 공간을 떠올리며 고개를 끄덕였다.

"그 일렁이는 공간 자체가 차원 이동 포탈이고, 문제의 신관이 건너편에서 텔레포트 빔을 쐈나 보군요. 이쪽에 있던 젊은 신관 세 명이 그 빔을 증폭시켜 제게까지 연결한 거고……."

—나야 모르지. 하지만 대충 그런 게 아닐까? 아무튼 다행이야. 덕분에 네가 여기까지 와주었으니까.

정령왕은 입가에 미소를 지으며 말했다.

—먼저 인사부터 다시 하자. 만나서 반가워. 넌 문주한이지? 난 노바로스야.

나는 허리를 굽히며 최대한 정중히 인사했다.

"만나 뵙게 되어 영광입니다. 정령왕이시여."

—노바로스라고 불러도 돼. 이렇게 만난 것도 인연인데 친하게 지내야지?

노바로스는 크로우와는 달리 매우 친절하고 싹싹해 보였다.

만약 눈을 감는다면 그저 성격 좋은 아가씨와 대화를 하고 있다는 생각이 들 정도였다.

하지만 그녀는 온몸이 이글거리는 불꽃이다.

그리고 내 몸을 감싼 '정령왕의 방벽'이 아니라면 지금쯤 나는 가지고 있는 모든 오러를 소진한 채 잿더미가 되었을 것이다.

나는 조심스럽게 질문했다.

"노바로스, 제가 어떻게 레비그라스로 오게 되었는지, 어떤 목표를 가지고 있는지 알고 계십니까?"

노바로스는 고개를 저었다.

―그걸 내가 어떻게 알겠어? 말해주지도 않았는데.

"하지만 제 생각을 읽을 수 있지 않습니까?"

―맞아. 그러니 생각해 봐. 읽어줄게. 응?

노바로스는 요염하게 화염의 나신을 비틀었다. 나는 눈살을 찌푸리며 진지하게 말했다.

"당신은 제게 퀘스트를 주는 존재들이 어떤 존재인지 알고 계십니까? 어째서 지구인들이 강제로 레비그라스에 소환되었는지? 그리고 미래의 지구가 어떻게 되는지?"

그러자 노바로스도 꼬았던 몸을 피며 차분하게 대답했다.

―대충은.

"그렇다면 제게 힘을 빌려주십시오. 저는 반드시 그 일을 막아야 합니다."

―아, 그전에 한 가지 말해둘 게 있어.

노바로스는 손가락 하나를 펴며 말했다.

―나는 그런 사연들을 해결해 주기 위해서 누군가에게 힘을 빌려주는 게 아니야.

"…네?"

―나는 그저 심심해서 그래. 이만큼 강력한 존재인데도 딱히 주어진 사명은 없어. 그저 정령계를 떠돌며 마나의 흐름을 주관할 뿐이야. 그러다 가끔 도와달라는 생물들의 요청에 응답하며 물질계에 등장하는 거지. 그게 아니면……

노바로스는 손가락으로 날 가리키며 웃었다.

―너처럼 마음에 쏙 드는 정령사를 만나거나.

"제가 마음에 드십니까?"

―당연하지!

노바로스는 활짝 웃으며 말했다.

―네 영혼은 끊임없는 투쟁과 고통 속에서도 희망을 불태우고 있어. 마치 불꽃처럼. 그것도 너무 강렬해. 대체 어떤 과거를 경험했으면 이렇게 되는 걸까? 아무튼 나는 존재 자체가 불이니까 너 같은 영혼과 상성이 아주 잘 맞아.

나는 전생의 기억을 파노라마처럼 떠올리며 한숨을 내쉬었다.

"좋은 경험은 아니었습니다. 그렇다면 다른 정령왕… 예를 들어 물의 정령왕? 같은 분과는 상성이 안 맞겠군요?"

―분명 그럴 거야. 그리고 너처럼 영혼이 투쟁심으로 물들어 있으면 평범한 정령들은 접근도 안 할걸? 지금까지 얼마나 많은 정령이 네게 말을 걸어왔어?

나는 숫자를 셀 것도 없이 즉각 대답했다.

"하나입니다."

―하나? 거기 칼에 깃든 인조 정령?

나는 고개를 끄덕였다. 노바로스는 손으로 입을 가리며 진짜 여자처럼 웃기 시작했다.

―후후… 이거 걸작인데? 대체 얼마나 무서운 영혼을 가지고 있으면! 정령들이 단 하나도 말을 걸지 않았을까? 하하하

하하!

그러다 갑자기 빵 터진 것처럼 웃음을 터뜨렸다.

그러자 열기도 더 강해졌다. 나는 주위의 동굴 벽이 새빨갛게 달궈지는 것을 보며 진땀을 흘렸다.

"너무 흥분하지 마십시오. 정령왕의 방벽조차 못 견딜 지경입니다!"

—하하! 하하하… 아… 그래. 그냥 좀 재밌어서.

정령왕은 겨우 웃음을 멈추며 말했다.

—그럼 정작 정령사가 되었지만 세상이 바뀐 게 별로 없었겠네?

"아니, 말씀드렸다시피… 여기 있는 크로우가 말을 걸어왔습니다."

—인조 정령은 빼고. 심지어 칼에 깃든 정령이잖아?

노바로스는 칼을 가리키며 놀리듯이 손가락을 흔들었다.

—당연히 이 녀석도 너와 상성이 잘 맞지. 폭력적이고, 강렬하고, 투쟁적이고, 생존을 위해 발버둥치는 너와 말이야.

"사실 별로 안 맞습니다. 꽤나 이기적인 녀석이거든요."

—그건 모든 정령이 마찬가지야.

그 순간, 정령왕의 주변으로 수많은 붉은 점이 일렁거리기 시작했다.

—정령은 모두 이기적이야. 오직 자신이 정한 목표를 위해서 산다고. 자, 인사해. 처음 보지? 이것들이 바로 불의 정령

이야.

그제야 나는 내 주변에 떠오른 수많은 정령을 눈으로 볼
수 있었다.

타오르는 도깨비불처럼 생긴 정령.

작은 도마뱀처럼 생긴 정령.

그리고 정령왕의 뒤쪽으로 용암 호수 위를 날고 있는 '불새'
처럼 생긴 정령까지.

이곳은 말 그대로 불의 정령들의 요새였다.

나는 어쩐지 주변이 더 뜨거워지는 것을 느끼며 말했다.

"이게 바로… 평범한 정령사가 보는 세상이었군요."

―하지만 넌 평범하지 않지. 그래서 난 더 맘에 들어.

노바로스는 자신이 만든 방벽을 손가락으로 쿡쿡 두드리며
말했다.

―네가 어떤 존재이든, 어떤 목표를 가지고 있든 나는 아무
상관 안 해. 그저 마음에 들었으니까 힘을 빌려주는 것뿐이
야. 하지만 그전에 조건이 있지만.

"어떤 조건 말입니까?"

―너는 내 힘을 얻는 게 어떤 의미인지 전혀 몰라. 물론 몰
라도 상관없지만… 그래도 기왕이면 난 조금이라도 더 온전하
게 내 힘을 드러내고 싶어. 그러니까 내 힘의 천분의 일이라도
제대로 다루려면 준비가 필요해.

나는 심장이 빠르게 뛰는 것을 느끼며 대답했다.

"말씀하십시오. 어떤 준비가 필요합니까?"

—일단 마력이 필요해.

노바로스는 장벽 너머에서 손가락으로 내 몸의 윤곽을 그리기 시작했다.

—정령 마법도 마법이야. 거기 있는 인조 정령은 칼에 깃들어 있으니까 마력이 아닌 오러를 쓰겠지만 보통은 마력이 필요하거든.

"하지만 저는 마력이 전혀 없습니다."

—내 말이. 그러니까 마력을 좀 높여. 인간들이 쓰는 스텟 기준으로… 400 정도?

"네?"

나는 어처구니없는 얼굴로 그녀를 바라보았다.

"400이요? 지금 제 마력 스텟은 0입니다만?"

—하지만 그 정도는 필요해. 이것도 많이 봐준 거다? 마음 같아서는 아크 위저드쯤은 되라고 말하려다가 참은 거야. 알겠어?

아크 위저드라면 마력 스텟이 650을 넘기라는 말이다.

나는 긴 한숨을 내쉬며 말했다.

"아크 위저드는 제쳐놓고서라도… 전 이미 오러를 수련하고 있습니다. 그런데 이제 와서 다시 마력을 수련하란 말입니까?"

—응, 해.

정령왕은 너무 쉽게 요구했다.

─안 하면 내 힘을 얻어봤자 별거 없어. 나도 기껏 세상에 나서는데 비리비리한 모습을 보여주긴 싫고. 그리고 너 초월 자잖아? 그럼 오러든 마력이든 둘 다 높일 수 있을걸?

"초월자라면……."

나는 내가 가진 두 번째 종족값을 떠올렸다.

[초월자 — 초월 능력을 세 개 가진 인간에게 주어지는 칭호. 기본 종족이나 적성과 상관없이 모든 특수 능력을 자유롭게 성 장시킬 수 있다.]

'맞아. 이런 게 있었지.'

─응. 그런 게 있어. 그러니 금방 높일 수 있을 거야.

노바로스는 내 생각을 읽으며 고개를 끄덕였다. 나는 쓴웃 음을 지으며 말했다.

"물론 그렇긴 하지만… 그렇다고 여기서 수련을 할 수는 없 습니다."

─왜? 마력을 어떻게 쌓는지 몰라서? 그거라면 내가…….

"아니, 그보다는 제가 여기서 견딜 수가 없습니다."

나는 더 이상 나오지도 않는 침을 삼키며 말했다.

"여기서 이틀만 더 버티면 말라 죽어버릴 겁니다. 사실 지 금 당장도 목이 말라 죽겠습니다."

─뭐… 그건 그러네.

노바로스는 딱한 표정으로 혀를 찼다.

―인간이 약한 건 처음부터 알고 있었어. 그래. 그럼 일단 밖으로 보내줄게.

"밖으로? 지금 당장 말입니까?"

나는 반색하며 되물었다.

정령왕은 어깨를 으쓱이며 말했다.

―어쩔 수 없잖아? 밖에 엘프들이 사는 동네가 있어. 그쪽으로 보내줄 테니까 거기서 수련을 해. 엘프들이 잘 가르쳐 줄 거야.

"아니, 갑자기 엘프라니……."

나는 막연하게 귀가 뾰족하고 아름다운 여성을 떠올리며 물었다.

"다짜고짜 그래도 됩니까? 저는 인간이고… 그들에게 있어 이방인일 텐데?"

―물론 그렇겠지. 하지만 상관없어. 나랑 엘프들은 좋은 관계를 유지하고 있으니까. 내가 보냈다고 하면 잘 대우해 줄 거야.

정령왕은 허리에 손을 얹으며 자신감 있는 포즈를 취했다. 나는 어이없는 표정으로 물었다.

"그냥 그렇게 말하면 엘프들이 믿어줄까요? 불의 정령왕이 보냈다?"

―불안해? 그럼 증표를 남겨줄게.

그 순간, 나는 오른 손등이 화끈거리는 것을 느꼈다.

"큭……."

그것은 마치 인두로 맨살을 지지는 듯한 통증이었다.

동시에 손등에 불꽃과 같은 문양이 실시간으로 새겨졌다.

그러자 정령왕이 기특하다는 목소리로 말했다.

─꽤 아플 텐데 잘 참네? 아주 좋아. 나는 인내심이 강한 인간이 좋더라.

"이건 대체… 뭡니까?"

나는 떨리는 목소리로 물었다. 정령왕은 자신의 이마를 가리키며 말했다.

─내 문장이야. 불의 문장.

자세히 보니 정령왕의 이마에도 손등의 문장과 같은 문장이 새겨져 있었다.

나는 오른손을 감싸 쥐며 억지로 웃었다.

"하하… 정말 화끈하시군요. 하지만 다음부터는 사전에 미리 경고를 해주시면 감사하겠습니다."

─괜찮아. 이걸로 끝이니까. 어차피 나중에 할 거 미리 한 것뿐이야. 이게 있어야 내 힘을 쓸 수 있거든. 그럼 다시 만날 그날을 기대하며…….

정령왕은 그렇게 말하며 허공에 손가락을 휘두르기 시작했다.

그러자 내가 서 있는 돌바닥에 새로운 화염의 문장이 새겨지기 시작했다.

나는 깜짝 놀라며 뒷걸음쳤다.

"잠깐! 지금 뭐 하시는 겁니까?"

—어허, 움직이지 말고 가만있어. 지금 엘프 마을로 보내주
려는 거니까.

"네? 그럼 이게… 순간 이동 게이트입니까?"

—비슷한 거야. 그럼 알루렌에게 안부 전해줘!

노바로스는 활짝 웃으며 손을 흔들었다.

그와 동시에 나는 눈앞이 새카맣게 변하는 것을 느꼈다.

그것은 평생에 다시없을 경험이었다.

하루에 두 번씩이나 강제로 다른 장소로 전이되는 일은…….

· 40장 ·
엘프와 워울프

"약해!"

덩치 큰 늑대 인간이 양팔을 휘저으며 소리쳤다.

"너희들 너무 약해! 이래 가지고선 훈련이 안 되잖아!"

"저희들이… 약한 게 아닙니다."

그러자 피투성이로 튕겨난 늑대 인간이 어눌한 말투로 대답했다.

"족장님이… 너무 강하신 겁니다. 몇 달 전부터 갑자기 너무……."

"규호라고 부르랬지! 아무튼 이 멍멍이들은 말귀를 못 알아듣는다니까?"

늑대 인간은 답답한 듯 소리치며 한숨을 내쉬었다.

이곳은 카라돈 산맥의 깊숙한 곳에 위치한 워울프(Werewolf)의 마지막 군락이었다.

그리고 지구인 최후의 생존자 중 한 명인 규호가 회귀한 곳이기도 했다.

"아, 짜증 나는 거! 난 왜 이딴 멍멍이의 몸으로 회귀한 거야!"

부족의 족장인 거대한 늑대 인간이 하늘을 바라보며 길게 포효했다.

워우우우우우우우우!

그가 바로 규호였다.

같은 워울프들이 그를 부르는 이름은 '큰이빨', 혹은 '족장님'이었다.

규호는 처음 며칠 동안 육체 자체에 적응을 할 수 없었다.

워울프의 몸은 인간과는 너무 달랐다.

그 역시 순수한 지구인 중에서는 손에 꼽을 만큼 강력한 존재였다. 하지만 워울프의 육체는 그런 인간의 개념 자체를 뒤집을 만큼 너무도 강력했다.

규호는 날카로운 송곳니를 드러내며 소리쳤다.

"난 빨리 강해져야 한다고! 그래야 망할 엘프들을 해치우고 인간들 사는 마을로 갈 거 아냐! 그래야 대장이든 진성이 형이든 찾으러 갈 수 있다고!"

그러자 나이 많은 워울프가 곁으로 다가오며 말했다.

"족장님이 대체 무슨 말씀을 하시는 건지… 전혀 모르겠습니다. 하지만 무언가 다른 영혼이 족장님의 육체에 깃든 것만은 확실하군요."

"처음부터 말했잖아? 나는 인간이야!"

규호는 회색 털이 북슬북슬 난 양팔을 치켜들며 소리쳤다.

"그것도 지구인이라고! 지구가 뭔지 몰라? 너희 세계에서 끝장내 버린 바로 그 세상 말이야!"

"제가 알고 있는 건… 이 땅이 레비그라스라는 것뿐입니다. 지구는 잘 모르겠군요."

워울프는 고개를 저으며 말했다.

"지구란 곳은 들어본 적도 없습니다. 우리 워울프가 인간과 떨어져 이 깊은 산속으로 들어온 지도 500년이 넘었습니다. 바깥세상에서 무슨 일이 벌어지는지는……."

"그러니까 지금 나가겠다고 하잖아! 그 망할 엘프들 좀 내버려 두고 잠깐 다녀오면 안 돼?"

"안 됩니다, 족장님."

늙은 워울프가 규호의 앞에 넙죽 절하며 말했다.

"지금 저희 부족은… 엘프들의 공격에 의해 멸망의 위기에 처해 있습니다. 족장님이 떠나시면… 저희들은 얼마 못 가 멸망할 겁니다."

그러자 수십 명의 워울프가 재빨리 달려와서는 동시에 큰절을 하며 소리쳤다.

"멸망할 겁니다, 족장님!"

"아오! 니들이 멸망하든 말든 내 알 바 아니래도!"

규호는 이를 갈며 소리쳤다.

하지만 계속해서 사방에서 몰려오는 워울프들이 그의 옆에 엎드렸다.

그러자 규호의 가슴 안쪽이 빠르게 요동치기 시작했다.

'내가 왜 이러지……'

규호는 눈을 질끈 감으며 심호흡을 했다.

사명감.

부족을 지켜야 한다는 사명감.

그리고 자신의 부족을 제거하려 하는 엘프에 대한 증오가 뼛속 깊이 사무친다.

물론 그의 영혼은 규호였다.

하지만 육체는 지난 80년간 워울프 부족을 지켜낸 부족장 '큰이빨'의 것이었다.

규호는 긴 한숨을 내쉬며 고개를 젓기 시작했다.

"이 망할 것들… 그래, 알겠어. 알겠으니까 당장 좀 일어나라."

"족장님……"

"규호라고 부르래도!"

규호는 발끈하며 소리쳤다.

"좀 말귀를 알아먹어라! 아무튼 알겠으니까! 그 망할 엘프 놈들 싹 쓸어버리고 나서 나가면 되는 거지? 그렇지?"

"하지만 큰이빨이시여, 엘프는 너무 강합니다. 그들이 다루는 마법은 아무리 당신이라도 견뎌내는 게 고작이었습니다."

늙은 워울프가 말했다. 규호는 머리를 벅벅 긁으며 대답했다.

"나도 알아. 기억에 남아 있으니까… 정확하진 않지만 하이 위저드급은 되는 거 같은데?"

하이 위저드라면 소드 익스퍼트와 같은 등급이다.

물론 같은 등급끼리 싸우면 오러가 마법을 이긴다. 하지만 규호의 기억에 남아 있는 마법사 역시 강력한 힘을 가지고 있었다.

'물론 지금 나는 엄청 강해. 하지만 하이 위저드 수십 명이 동시에 덤벼들면 순식간에 망할 거야.'

규호는 자신의 기억과 '큰이빨'의 기억을 대조하며 이를 갈았다.

그래서 회귀 직후에 몸을 추스른 이후, 지금까지 반복해서 수련을 거듭하고 있었다.

하지만 수련을 상대해 줄 다른 워울프들이 너무 약했다.

"이럴 줄 알았으면 대장한테 오러 수련법이나 착실하게 배워놓을 것을……."

규호는 긴 주둥이를 좌우로 흔들며 탄식했다.

전생의 대장, 바로 문주한 준장은 오러에 관해서는 지구인들 중에 가장 뛰어난 권위자였다.

하지만 정작 지구에서는 오러를 단련할 수 없었다.

반대로 아무것도 모르는 규호는 어린 나이에 자신도 모르게 오러를 각성해 버렸다.

각성자.

결국 인류는 멸망하는 그 순간까지 어째서 각성자가 태어나는지를 밝혀내지 못했다.

하지만 분명 이유가 있었을 것이다.

그래서 문 준장은 어떻게든 규호가 더 강한 오러를 쌓을 수 있도록 자신이 알고 있는 모든 지식을 전수해 주려 했다.

하지만 규호는 그것을 거절했다.

젊음의 치기였다.

물론 규호 역시 문 준장이 가지고 있는 판단력이나 인내심은 높이 평가했다.

하지만 정작 오러도 다루지 못하는 그에게 이미 오러를 쓰는 자신이 가르침을 받는다는 것 자체를 납득하지 못했다.

물론 배웠어도 큰 의미는 없었을 것이다. 지구의 대기에는 오러의 근원이 되는 마나가 거의 없었으므로.

'하지만 여기는 마나가 천지야. 이제 와서 이런 걸로 후회할지는 몰랐네. 에휴… 내 팔자야. 어쨌든 몸을 움직이면서 수련을 해도 오러가 좀 쌓이긴 쌓이는 거 같긴 한데 말이지.'

규호는 자신의 몸에 깃든 오러를 느끼며 왼쪽 눈을 찌푸렸다.

기본 능력

근력: 383

체력: 412

내구력: 311

정신력: 33

항마력: 54

전생의 자신과 비하면 정말 말도 안 되게 강해졌다.

하지만 이것은 오러를 많이 쌓았기 때문에 높아진 스텟이
아니었다.

단지 워울프의 족장인 '큰이빨'이 가지고 있는 순수한 육체
의 힘인 것이다.

'그런데 엄청난 스텟에 비하면 묘하게 항마력만 낮다니까?
이래 가지고는 마법을 주력으로 쓰는 엘프들과의 전투에서
발릴 수밖에 없어.'

규호는 심각한 얼굴로 생각에 잠겼다.

워울프는 전반적으로 기본 스텟이 매우 높다.

하지만 공통적으로 항마력이 너무 낮았다. 심지어 자신의
낮은 항마력조차 다른 워울프들에 비하면 두 배쯤 높은 수치
였다.

규호는 한숨을 내쉬며 옆에 있는 늙은 워울프에게 물었다.

"그런데 말이야, 영감. 당신들은 내가 원래 그 족장이 아닌

데도 아무 상관 없는 거야? 웬 이상한 녀석이 갑자기 들이닥쳐서 당신네들 족장을 빼앗아 버린 셈인데?"

워울프는 고개를 저으며 말했다.

"영혼은 그리 중요하지 않습니다."

"뭐?"

"중요한 건 육체입니다. 영혼이란… 결국 육체에 따라 변하는 물과 같은 것. 당신이 그 어떤 다른 영혼이든 간에 족장님의 육체에 깃들어 계시는 이상 저희들의 지도자라는 것에 변함은 없습니다."

"음… 만약 내가 너희들을 싹 버리고 도망쳐도?"

"말씀은 계속 그리하셨지만 결국 버리지 않으셨잖습니까?"

늙은 워울프는 존경하는 눈으로 규호를 바라보았다. 규호는 눈을 질끈 감으며 고개를 돌렸다.

그런 눈.

그런 시선으로 워울프들이 자신을 볼 때마다 규호는 자신의 사명감으로부터 도망칠 수가 없었다.

'내 사명은 귀환자들로부터 지구를 지키는 거라고! 그런데 어째서 이런 산 구석에서 멍멍이들을 지키고 있는 거야?'

규호 스스로도 그것이 의문이었다.

하지만 그것은 당연한 일이었다.

고작 20년도 안 되는 시간을, 그것도 극단적으로 비정상적인 세계에서 성장한 규호의 사명감은 생각보다 얄팍했다.

반면 70년이 넘는 시간을 오직 부족을 지키기 위해 살아온 '큰이빨'의 사명감은 너무도 굳건했다.

덕분에 규호는 자꾸만 그쪽에 끌렸다.

물론 전생의 동료들을 찾고 인류를 구해야 한다는 마음 자체는 여전했다.

하지만 당장은 워울프족의 생사가 우선이다.

최근 들어 숲에서 엘프들이 벌이는 폭거가 더 심해지고 있다.

그 탓에 가뜩이나 숫자가 적은 부족의 수가 점점 더 줄어들고 있었다. 규호는 일단 그것부터 어떻게든 해결하고 싶었다.

* * *

정신을 차린 순간, 나는 죽창에 꿰뚫리고 있었다.

푸확! 푸확!

푸확! 푸확!

뒷다리로 선 거대한 늑대 두 마리가 날 둘러싼 채 죽창 같은 무기로 미친 듯이 내려찍고 있다.

나는 발작 같은 경련을 일으키며 녀석들을 노려보았다.

저건 대체 뭘까?

앞발로 무기를 쥐고, 뒷발로 걸어 다니는 늑대?

심지어 붉은색의 오러를 발동시키고 있다.

'어떻게든 반격을 해야 하는데……'

하지만 이미 내 몸은 넝마처럼 찢겨진 상태였다.

'큰일인데… 이미 남은 목숨이…….'

하지만 거기까지였다.

나는 더 이상 생각을 할 수 없었다. 그저 내 몸에서 흘러나온 피 웅덩이에 몸을 담근 채, 그렇게 서서히 죽음을 향해 눈을 감을 뿐이었다.

*   *   *

1.

"헉!"

나는 눈을 감아도 보이는 시뻘건 숫자에 기겁을 하며 몸을 일으켰다.

하지만 몸이 제대로 움직이지 않는다.

전신마취라도 당한 것처럼 온몸에 감각이 없다.

억지로 몸을 일으키긴 했다. 하지만 내 다리로 서 있는 건지 도통 감이 오질 않았다.

'정령왕의 텔레포트는 원래 이런가? 부작용이 엄청나군.'

나는 이를 악물며 주위를 살폈다.

이곳은 한밤중의 숲이다.

그리고 얼마 떨어지지 않은 어둠 속에 무언가 새파란 안광을 번뜩이고 있었다.

늑대 인간.

그렇게밖에는 부를 수 없는 모습이었다.

'그래. 저놈들이 날 죽였지.'

나는 5분 전이자, 5분 후의 미래를 떠올리며 이를 갈았다.

아무래도 정령왕이 무언가 착오를 일으킨 모양이다.

이곳은 엘프의 마을이 아니다.

그저 정체불명의 야수들이 가득한 위험한 숲일 뿐.

나는 허리에 찬 칼을 힘겹게 뽑아 들며 중얼거렸다.

"이번엔 곱게 안 당한다. 이 망할 개놈들⋯⋯."

그리고 늑대 인간 중 하나를 스캐닝했다.

이름: 큰발

레벨: 3

종족: 워울프

근력: 153(164)

체력: 201(220)

내구력: 133(154)

정신력: 25(27)

항마력: 19(21)

특수 능력

오러: 54(56)

마력: 0

신성: 0

저주: 23(27)

고유 스킬: 광기, 늑대의 포효(하급)

레벨이 3밖에 안 되는데 기본 능력이 상당히 높다.

첫 인상은 그 정도였다.

물론 내 적수는 아니다. 하지만 몸 상태가 나쁘다는 것을 감안하면 결코 방심할 수는 없었다.

그러자 늑대 인간이 낮은 울음소리를 냈다.

우우우…….

동시에 사방에서 인기척이 느껴졌다. 나는 바짝 긴장하며 스스로를 스캐닝했다.

'용암굴에 오래 있던 탓에 오러가 상당히 소모되었다. 마비도 아직 안 풀렸고…….'

물론 가장 심각한 문제는 따로 있었다.

목숨이 하나밖에 남지 않았다는 것.

지금까지 수많은 위기를 겪었다. 하지만 목숨이 한 개까지 떨어진 것은 처음이었다.

여기서부터는 미지의 영역이다.

나는 그동안 자주 고민했지만 답을 찾지 못했던 한 가지의 질문을 떠올렸다.

'목숨이 다섯 개라는 건 다섯 번 죽어도 괜찮은 건가? 아니면 다섯 번 죽으면 끝이란 건가?'

어쩌면 오늘 그 답을 알게 될지도 모른다.

나는 오러를 발동시키며 적들의 공격을 기다렸다.

어둠 속에서 빛나는 건 나의 녹색 오러, 그리고 적들의 푸른 눈동자뿐이었다.

다행히 적들은 내 오러를 경계하는 듯 쉽게 접근하지 않았다. 나 역시 마비가 완전히 풀릴 때까지 먼저 공격할 생각은 없었다.

그렇게 숨 막힐 듯한 대치 상황이 이어졌다.

5분.

아니, 10분쯤 지났을까?

바로 그때, 머리 위로 새롭게 붉은빛이 떠오르며 어둠을 밝혔다.

콰과과과과과과과과광!

그것은 불덩어리였다.

갑자기 후방에서 거대한 불덩어리들이 날아와 폭발을 일으켰다.

다행히 목표는 내가 아니었다. 나는 후방에서 달려오는 인간들을 보며 부리나케 소리쳤다.

"저는 적이 아닙니다! 불의 정령왕인 노바로스가 보내서 왔습니다!"

그러자 귀가 뾰족한 남자가 소리쳤다.

"안심하십시오! 여긴 저희들이 맡겠습니다!"

동시에 십여 명의 사람이 내 앞으로 나서며 어둠 속을 향해 마법을 날리기 시작했다.

나는 재빨리 그들 중 한 명을 스캐닝했다.

이름: 호프너스 그린런
레벨: 13
종족: 엘프

근력: 145(91)
체력: 167(133)
내구력: 93(94)
정신력: 46(41)
항마력: 303(311)

특수 능력
오러: 0
마력: 255(256)
신성: 114(124)
저주: 44(44)

마법: 화염(총4종류), 바람(총8종류), 신성(총5종류), 정령(총 3종류)

　마법 효과: 윈드 파워(중급), 파이어 파워(하급)

　축복 효과: 체력 상승(하급), 정신력 상승(하급), 근력 상승(하급)

　무언가 특수한 효과를 덕지덕지 붙이고 있었다.

　덕분에 오러를 다루지 않는데도 기본 스텟이 최대치보다 높아진 상태였다.

　물론 그런 것을 확인하기 위해 스캐닝을 한 건 아니다.

　엘프.

　이들이 바로 엘프였다.

　다만 내가 생각한 것과는 외모가 많이 달랐다.

　뾰족하고 긴 귀까지는 동일하다.

　하지만 피부색이 묘했다. 어둠 속이라 정확하지 않지만 ‘회색’이었다.

　거기에 눈썹이 없어서 눈매가 매우 사나웠다.

　정장 전투는 오래 걸리지 않았다. 엘프들이 등장하자 늑대 인간들은 순식간에 꽁무니를 빼며 숲속 깊숙한 곳으로 사라졌다.

　“지긋지긋한 워울프 놈들……”

　늑대 인간이 사라지자, 엘프들의 대장으로 보이는 남자가 내 앞으로 다가오며 고개를 숙였다.

"죄송합니다, 불의 여신의 사자시여. 저희들이 준비를 갖추느라 마중 나가는 것이 조금 늦었습니다."

"아닙니다. 도와주셔서 감사합니다. 그런데……."

나는 주변을 둘러싼 엘프들을 둘러보며 물었다.

"제가 누군지 어떻게 아셨습니까? 불의 여신, 아니, 불의 정령왕이 보냈다는 걸?"

"하늘에 문장이 떴으니까요."

엘프는 밤하늘을 가리키며 말했다.

"그리고 땅에도 문장이 생겨 있습니다. 저게 보이시죠?"

엘프는 다시 지면을 가리켰다. 나는 바닥에 새겨진 검은 흔적을 보며 눈살을 찌푸렸다.

"자세히는 안 보입니다만… 이거 텔레포트 마법진인가요?"

"불의 여신의 문장입니다. 저희들은 오래전에 불의 여신과 계약을 맺었습니다. 이곳은 저희 엘프들과 불의 여신을 연결하는 성지입니다."

엘프는 그렇게 말하며 손을 들어 올렸다.

그러자 다른 엘프들이 동시에 손을 들며 불덩어리를 만들기 시작했다.

화르르르르르륵!

나는 본능적으로 반응하며 몸을 움츠렸다.

물론 나를 공격하려고 불덩어리를 만든 것은 아니다.

20여 명의 엘프가 동시에 만든 불 덕분에 나는 한밤중에도 주변의 풍경을 확인할 수 있었다.

무성한 숲의 곳곳에 거대한 돌무더기가 쌓여 있다.

그리고 돌무더기를 따라 지면에 검은색의 문장이 새겨져 있다.

엘프는 내 오른쪽 손등을 가리키며 고개를 끄덕였다.

"이것이 바로 불의 문장입니다. 저희 엘프들은 불의 여신의 사자를 환영합니다."

동시에 모든 엘프가 나를 향해 한쪽 무릎을 꿇었다. 나는 그제야 안도의 한숨을 내쉬며 고개를 끄덕였다.

그야말로 위기일발이었다.

타이밍이 나빴다면 나는 눈앞에 0이라는 숫자를 봤을지도 모른다.

아니면 영원히 숫자를 보지 못하게 됐을지도…….

*   *   *

엘프는 옆에 보이는 오래된 돌무더기를 보며 말했다.

"이곳은 오래전 저희 엘프들과 불의 여신 노바로스가 맺은 신성한 계약의 증거입니다. 카라돈 산맥의 화산이 폭발하려 할 때… 저희 중에 최고의 용사가 불의 동굴로 들어가서 여신과 계약을 맺었습니다."

―그럼 알루렌에게 안부 전해줘!

나는 노바로스의 마지막 말을 떠올리며 물었다.

"혹시… 그 용사의 이름이 알루렌입니까?"

"그렇습니다. 역시 불의 여신의 사자시군요."

엘프는 환한 웃음을 지으며 고개를 끄덕였다.

"너무 오래전 일이라 여신께서도 이제 우릴 잊으신 게 아닌가 했습니다. 다행이군요. 계약이 유지되고 있다는 걸 다시 확인해 마음이 놓입니다."

"저는 정령왕의 사자가 아닙니다."

나는 고개를 저으며 말했다.

"그저 불의 정령왕의 힘을 얻는 과정에서 어쩔 수 없이 여기까지 왔을 뿐입니다. 이렇게 너무 높여주실 필요는 없습니다. 단지 저는 여기서 마력을 수련하기 위해……."

"이런, 사자께서 너무 겸손하시군요."

엘프는 긴 손가락으로 내 오른손을 가리키며 말했다.

"저희 엘프들에게 있어 불의 문장을 가진 분은 사실상 불의 여신과 같은 존재입니다. 그분은 직접 우리들의 세상에 강림하지 못하시니까요. 이렇게 대신 계약을 맺은 존재로 현신하십니다. 정작 본인은 자각하지 못하더라도 말입니다."

실제로도 자각하지 못하고 있었다. 나는 한숨을 내쉬며 고개를 끄덕였다.

"뭐… 좋을 대로 생각하십시오. 어쨌든 방금 저를 습격했던 그 늑대 인간은 뭡니까?"

"워울프입니다. 아주 지독한 종족이죠."

엘프는 지긋지긋하다는 듯 고개를 저었다.

"바로 저놈들 때문에 저희가 성지인 이곳을 내버려 두고 마을을 뒤로 물릴 수밖에 없었습니다. 워울프의 출몰 지역과 떨어져야 안심할 수 있으니까요."

"워울프가 엘프를 습격합니까?"

"그 이상입니다. 아…….."

엘프는 순간 깜짝 놀라며 고개를 숙여 보였다.

"죄송합니다. 제 소개가 늦었군요. 저는 카라돈 산맥의 서쪽 계곡의 주인인 호프너스 그린런이라 합니다. 그린런이라고 불러주십시오."

"만나서 반갑습니다, 그린런. 저는 문주한이라고 합니다."

나는 마주 보고 인사를 하며 물었다.

"그런데 워울프가 어쨌다는 겁니까? 그 이상이라니?"

"습격을 떠나서 질병을 퍼뜨립니다."

"질병요?"

"워울프의 부락엔 나무들이 시들며 죽어갑니다. 그리고 죽어가는 나무 근처에 가면 엘프들이 정체불명의 질병에 걸리죠. 덕분에 우린 백 년 전부터 저들과 끊임없는 전투를 이어 나가고 있습니다."

그린런은 이를 갈며 말했다. 나는 고개를 끄덕였다.

"그건 심각한 문제군요. 하지만 여기 계신 엘프분들은 모두 강한 것 같은데… 지난 백 년간 그 워울프를 상대로 승리를 거두지 못한 겁니까?"

"처음엔 승리를 이어나갔습니다. 하지만 새로운 족장이 나오고 나서 전투가 쉽지 않아졌습니다."

"새로운 족장?"

"네. '큰이빨'입니다."

그린런은 긴장한 표정으로 말했다.

"워울프 중에서도 독보적으로 강한 존재입니다. 워울프가 항마력이 낮아서 망정이지… 그게 아니었다면 전멸하는 건 바로 저희 엘프들이었을 겁니다. 최근 몇 달 사이에 묘하게 모습을 드러내지 않고 있는데… 아, 죄송합니다. 귀한 분을 이런 곳에 세워놓고 무례를 범하다니… 용서해 주시기 바랍니다."

그린런은 갑자기 그 자리에 엎드리며 용서를 빌었다.

나는 부담을 느끼며 즉시 그를 잡아 일으켰다.

"괜찮습니다. 상관없으니 그만 이동하도록 하죠. 엘프의 마을은 어디에 있습니까?"

"저쪽입니다. 마을에 도착하기만 하면 정성으로 모실 테니… 부디 그때까지만 참아주시기 바랍니다. 자자, 그럼 이쪽으로……."

그린런은 필요 이상으로 호들갑을 떨며 날 안내했다. 덕분에 나는 평소 이상의 피곤함을 느끼며 엘프들의 뒤를 따랐다.

*　　　　*　　　　*

엘프의 마을은 불의 여신의 성지로부터 도보로 30분 정도 떨어져 있었다.

마을에 도착하자 희미하게 새벽 동이 텄다. 나는 곧바로 환영식을 하겠다는 그린런을 극구 만류하며 말했다.

"제겐 너무도 긴 하룻밤이었습니다. 되도록 조용히 쉴 수 있는 공간을 빌려주실 수 없을까요?"

"아, 사자께서 피곤하셨군요. 저희들은 그런 줄도 모르고……."

그린런은 즉시 마을의 안쪽에 있는 집으로 날 안내했다.

마을의 집들은 대부분 목재로 만들어진 평범한 오두막이었다.

아직 새벽임에도 불구하고, 거의 모든 엘프가 밖으로 나와 우리들을 바라보며 있었다.

나는 상당한 부담을 느끼며 그린런에게 물었다.

"혹시 엘프들은 밤에 주로 활동합니까?"

"그럴 리가요. 다들 불의 문장이 떠올랐다는 소식을 듣고 일어난 겁니다."

그린런은 의기양양한 얼굴로 마을 사람들을 향해 손을 흔들었다.

반면 나는 이 회색 피부에 눈썹 없는 엘프들을 어떻게 대해야 할지 도통 감을 잡을 수 없었다.

'아무튼 불의 정령왕과 관계있는 존재라 그런지 극진하게 대하는 것 같긴 한데… 어쩐지 분위기가 묘하군. 좀 쉬고 나서 자세히 물어봐야겠어.'

그렇게 도착한 곳은 마을에서 가장 안쪽에 있는 커다란 통나무집이었다.

"이곳은 동쪽 계곡에서 사신이 도착하면 묵는 집입니다. 물론 여신의 사자께는 부족한 집이겠죠. 부디 용서해 주시길 바랍니다."

그린런은 끝까지 굽실거리며 문을 열었다.

나는 더 이상 반박하는 것도 귀찮다고 느끼며 그냥 집 안으로 들어갔다.

가장 먼저 눈에 띈 건 짐승 가죽으로 만든 커다란 침대였다.

나는 곧바로 침대에 몸을 던지며 긴 한숨을 내쉬었다.

'정신없는 하루였군……'

바로 그 순간, 눈앞에 내내 떠 있던 붉은색의 숫자가 사라졌다.

"목숨이… 리셋된 건가?"

나는 다시 한 번 안도의 한숨을 내쉬며 눈을 감았다.

이제는 정말 마음을 놓고 편히 쉴 수 있을 것 같았다.

하지만 수많은 잡생각이 머릿속을 붙든 채 쉽게 놓아주지 않았다.

동료들은 무너지는 호텔에서 안전하게 빠져나왔을까?

날 불의 동굴까지 날려 버린 신관의 정체는 무엇일까?

아직도 손발에 감각이 거의 없다. 이놈의 마비는 대체 언재쯤 완벽히 풀릴 것인가?

나는 과연 이 엘프의 마을에서 마력 스텟을 400까지 쌓을 수 있을 것인가?

한번 시작한 고민은 끝이 없었다.

그중에서도 가장 급한 건 동료들이었다.

'내일 일어나면 곧바로 인간들의 도시에 연락을 취할 방법을 물어봐야겠다.'

확실한 건 지금쯤 이미 박 소위가 날 찾기 위해 각지에 수소문을 내고 있으리란 사실이었다.

그것을 생각하자 조금은 안심이 되었다. 나는 그제야 바짝 긴장된 마음을 풀며 겨우 잠을 청할 수 있었다.

*   *   *

얼마나 잠이 들었을까?

창밖으로 들어오는 빛으로 봐서는 늦은 오후였다.

나는 하품과 함께 몸을 일으키며 멍하니 왼편을 바라보았다.

누가 내 옆에 누워 있었다.

'아니, 대체… 누가 집에 들어와서 옆에 눕는데도 눈치를 못 챘단 말이야?'

아무래도 마비된 감각 때문인 것 같다.

나는 아직도 감각이 돌아오지 않은 양손을 천천히 움켜쥐며 긴 한숨을 내쉬었다.

그리고 옆에 누워 있는 엘프에게 조심스레 물었다.

"저… 실례지만 누구십니까?"

"아 음, 깨어나셨나요?"

그러자 엘프가 하품을 하며 몸을 일으켰다.

그녀는 여자였고, 어려 보였으며, 몸에 실오라기 하나 걸치지 않은 상태였다.

여자는 그렇게 홀딱 벗은 채로 내 앞에 무릎을 꿇으며 사죄했다.

"죄송합니다, 여신의 사자님. 아침에 장로님께서 '시중'을 들라고 보내셨는데… 너무 곤히 주무시고 계셔서 그냥 저도 모르게 잠들어 버렸습니다. 정말 죄송합니다."

"아니, 죄송할 건 없고……."

나는 시선을 피하며 바닥에 놓인 그녀의 옷을 가리켰다.

"일단 남부끄러우니 옷부터 입으시는 게 어떻겠습니까?"

"아, 감사합니다."

엘프 소녀는 조금의 부끄러움도 없이 침대에서 훌쩍 뛰어내리며 옷을 입기 시작했다. 나는 잔뜩 솟구친 욕망을 애써 가라앉히며 침착하게 물었다.

"장로님이 보냈다고요? 혹시 그린런이 이 마을의 장로입니까?"

"아, 네. 그린런 님이 저희 마을에서 가장 높은 분이십니다. 가장 강한 분이기도 하구요."

"하지만 어째서… 혹시 '이런' 게 엘프들의 풍습 같은 겁니까? 손님에게 밤 시중을 들게 하는?"

"아니, 그럴 리가요?"

엘프 소녀는 손사래를 치며 배시시 웃었다.

"수백 년 만에 불의 여신의 사자가 오셔서 장로님도 놀라신 거겠죠. 물론 저도 관심이 있었고요."

"관심이라니… 저는 인간입니다만."

"저도 알아요. 피부색만 봐도 알죠. 회색이 아니니까요."

"그리고 당신은 회색이죠."

나는 쓴웃음을 지으며 침대에서 몸을 일으켰다.

"어쨌든 나이도 어린데 이러는 거 아닙니다."

"어머, 사자님은 제 나이가 어려 보이나 보죠?"

엘프 소녀는 히죽 웃으며 말했다.

"실례지만 사자님은 나이가 어떻게 되시나요?"

"…스물하나입니다."

"저는 이백구십오 살이에요. 사자님보다 열 배도 넘게 살았네요. 후후… 아무래도 사자님은 너무 어려서 이런 일이 부끄러우신 모양이죠?"

엘프 소녀는 그렇게 말하며 문 쪽으로 걸음을 옮겼다.

"저는 알렉시스라고 해요. 앞으로 잘 부탁드릴게요!"

그러고는 날렵하게 움직이며 집 밖으로 나가 버렸다.

그리고 나는 양손으로 얼굴을 감싸 쥔 채 긴 한숨을 내쉬었다.

"후우……."

아직 확신할 수는 없지만 어쩐지 이 엘프 마을에서 보낼 나날들이 매우 골치 아파질 것 같았다.

내 영혼은 마흔도 넘은 중늙은이다.

하지만 육체는 이제 막 스무 살이 넘은 파릇파릇한 신품이다. 덕분에 피부가 회색이고, 눈썹조차 없는 여성의 유혹에도 강렬히 반응할 수밖에 없었다.

'이것도 정신력으로 커버가 되는 영역일까?'

나는 쓴웃음을 지으며 고개를 저었다.

· 41장 ·
마력 수행

872명.

그것이 이 '서쪽 계곡'이라 불리는 엘프 마을에 살고 있는 엘프의 숫자다.

최상급 맵온 능력이 있기에 쉽게 확인할 수 있었다.

동시에 이곳으로부터 동쪽으로 150km쯤 떨어진 산맥에 또 다른 엘프 마을이 있다는 것도 알아냈다.

'여기가 동쪽 계곡인가 보군.'

맵온에 표시된 회색 점은 동쪽 계곡이 압도적으로 많았다.

4,253명.

합쳐봤자 6천 명도 되지 않는다.

레비그라스 전체의 지도를 살펴도 카라돈 산맥 밖에 살고 있는 엘프는 백여 명뿐이었다.

'레비그라스 차원의 주류는 어디까지나 인간이다. 엘프는 인간과 고립된 환경에서 독자적으로 살고 있나 보군. 숫자도 적고.'

나는 엘프에 대한 지식이 전혀 없다.

때문에 직접 보고 판단하며 하나씩 쌓아가는 수밖에 없었다.

*　　　　*　　　　*

"오늘 아침처럼 제게 '과도한' 신경을 써주실 필요는 없습니다."

나는 서쪽 계곡 마을의 장로인 그린런을 앞에 앉혀놓고 말했다.

"저는 최대한 빠르게 마력을 쌓아야 합니다. 다른 데 신경 쓸 시간이 없습니다. 불의 정령왕께서 엘프분들에게 배우라고 하셨으니… 지금 당장에라도 시작했으면 합니다."

"…그렇군요. 알겠습니다."

그린런은 허리를 숙이며 말했다.

"먼저 사죄드립니다. 제가 쓸데없는 짓을 했군요. 불꽃의 문장을 본 건 너무 오랜만이라 정신이 없었습니다. 그리고 시아가 워낙 흥미를 보이기에……."

"그 아가씨 이름이 시아입니까?"

그린런은 고개를 끄덕이며 말했다.

"저희 서쪽 계곡은 외부와 교류를 끊고 사는 엘프들의 마을입니다. 저도 인간에 대해서는 오래전에 들은 기억밖에 없었습니다. 아무래도 큰 오해를 하고 있던 모양입니다."

아무래도 뭔가 인간 남자를 성욕의 화신 같은 존재로 전해 들은 모양이다.

나는 즉시 화제를 돌렸다.

"오해는 풀면 그만입니다. 그보다도 마력의 수련법에 대해 알려주시겠습니까?"

"마력의 수련법이라……."

그린런은 잠시 고민하다 말했다.

"엘프들은 마력 자체를 높이기 위한 수행을 그다지 하지 않습니다."

"수행을 안 한다고요?"

"소질이 있는 자들이 나이를 먹으면서 자연스럽게 쌓이는 게 마력이니까요. 물론 수백 년이 걸립니다만… 확실히 인간에겐 그만큼의 시간이 없겠군요. 아, 그전에 제가 손을 잠시 봐도 되겠습니까?"

나는 즉시 손을 내밀었다. 그린런은 조심스레 손을 잡으며 천천히 심호흡하기 시작했다.

"으음… 음… 그렇군요. 사자께서는 오러를 수련하신 모양이군요. 마력은 전혀 경험하지 못하신 겁니까?"

그린런은 팔틱과 마찬가지로 접촉을 통해 타인의 스텟을 알아내는 힘이 있는 모양이다.

나는 가만히 고개를 끄덕이며 답했다.

"네. 저는 오러를 다루는 전사입니다."

"인간도 마찬가지겠지만 엘프에게도 적성이 있습니다. 대부분의 엘프는 마력에 대한 재능을 타고납니다. 일부는 오러를 깨우치기도 하죠. 하지만 둘 다 가진 존재는 매우 드뭅니다. 이런 말씀부터 드리니 죄송스럽지만… 사자께서는 이미 오러를 각성하셨기 때문에 마력에 한해서는 그리 높은 성취를 이루진 못하실 겁니다."

그린런은 걱정스러운 얼굴로 내 심기를 살폈다.

나는 전혀 상관없다는 듯 고개를 저었다.

"괜찮습니다. 저는 적성을 가리지 않는 몸이니까요."

"네?"

"방법만 알면 됩니다. 일단 시작만 할 수 있으면 제가 알아서 할 수 있을 겁니다."

중요한 건 마력을 0에서 1로 만드는 것이다.

일단 1을 만들 수 있다면 그다음은 내가 얼마나 집중하며 시간을 투자할 수 있는지에 달려 있다.

그린런은 이해할 수 없다는 얼굴로 한동안 날 바라보았다.

그러다 가볍게 손뼉을 치며 자리에서 몸을 일으켰다.

"알겠습니다. 제가 불꽃의 여신의 뜻을 다 헤아릴 순 없겠죠. 그럼 사자님의 마력부터 발현시켜 보도록 할까요?"

*   *   *

나는 아무의 도움도 없이 스스로 오러를 발현시켰다.

하지만 이런 경우는 매우 드물다고 한다.

보통은 이미 오러를 다루는 스승이 제자의 몸에 직접 오러를 체험시켜 오러의 적성을 깨운다.

그것이 바로 오러 감각 훈련이다.

빅터나 커티스 같은 동료들 모두 밸런스 소드 클랜의 사범에게 감각 훈련을 받고 오러를 발현시켰다.

마력 감각 훈련 역시 비슷한 개념이었다.

"정말… 이렇게 해야 하는 겁니까?"

나는 바닥에 정좌를 하고 앉은 채 웃옷을 벗고 앞으로 몸을 숙이고 있었다.

문제는 엘프들이었다.

여섯 명의 엘프가 나를 중심으로 촘촘히 둘러앉은 채, 저마다 손 하나씩을 내 등에 대며 신음 소리를 내고 있다.

"흐으음……."

"하아……."

"후우우우우……."

심지어 엘프 전원이 알몸이었고 그중 절반은 여자였다.

그린런은 나 역시 나체가 되길 요구했다. 가까스로 타협해서 상의만 벗는 걸로 합의를 봤지만.

"엇… 부디 집중해 주십시오."

마찬가지로 속옷 하나 걸치지 않은 그린런이 신중한 목소리로 말했다.

나는 한숨을 내쉬며 숙인 몸을 좀 더 기울였다.

이것이 엘프들의 마력 감각 훈련이라고 한다.

그린런은 어째서 한 명이 아니라 여섯 명의 엘프가 동시에 감각을 깨우는지 미리 설명해 줬다.

"만약 저 혼자서 사자님의 마력을 발현시키면 사자님의 마력은 저와 비슷한 성향을 가지게 됩니다. 다양성이 부족해지죠. 그래서 처음엔 최대한 많은 마법사가 동시에 자극을 주는 편이 바람직합니다."

그린런은 그렇게 말하며 다섯 명의 엘프 마법사를 추가로 불렀다.

그중에는 나와 한 침대를 썼던 엘프 소녀, 시아도 있었다.

그녀는 어려 보이는 외모와는 달리 이 마을에서 둘째가라면 서러워할 만큼 유능한 마법사였다.

나는 한숨을 쉬며 나지막한 목소리로 물었다.

"하지만 꼭 다 벗고 이 짓을 할 필요는 없지 않습니까?"

"이것도 중요한 과정이에요."

그러자 시아가 작은 목소리로 대신 답했다.

"마력은 자연의 마나를 몸 안에 받아들이는 것입니다. 그러니 조금이라도 더 자연에 가까운 모습이 되어야 해요. 그래야 빠르게 마력을 발현하고, 또 더욱 순수한 마나를 받아들일 수 있답니다."

문제는 내 마음이 순수함으로부터 자꾸 벗어난다는 것이다.

나는 눈을 질끈 감으며 마나 그 자체에 집중했다.

처음에는 사방에서 풍기는 엘프들의 체취 때문에 집중이 어려웠다.

동시에 매끈한 엘프들의, 특히 여성들의 나신이 눈앞을 아른거렸다.

하지만 금방 감각을 깨울 수 있었다.

명상 수행으로 오러를 쌓는 것처럼.

사방으로 뻗어나가는 노란빛의 미세한 전류가 온 세상에 가득 차 있다.

이것이 바로 마나다.

마나는 사방에 빽빽하게 들어찬 채로 끊임없이 움직이고 있다.

그리고 그런 마나의 알갱이들이 내 주변을 둘러싸고 있는 엘프들의 몸속으로 천천히 빨려 들어가고 있다.

하지만 그중에서 가장 대량의 마나를 빨아들이는 건 바로 나였다.

수련을 하든 그렇지 않든.

나는 소모된 오러를 회복하기 위해 무의식적으로 대량의 마나를 빨아들이고 있다.

'이거 때문에 마력 감각 훈련이 지체되는 게 아닐까?'

나는 의식적으로 호흡을 조절했다.

동시에 몸속으로 빨려 들어오는 마나를 최대한 억제했다.

물론 억제한다고 갑자기 멈추진 않는다.

하지만 절반 정도의 수준으로 낮추는 건 가능했다.

그러자 주변에 있는 엘프들의 몸속으로 보다 많은 마나가 분배되어 흡수되기 시작한다.

그것은 신비한 광경이었다.

지금까지 내가 감지할 수 있는 건 오직 마나뿐이었다.

하지만 그 마나가 엘프들의 몸속으로 끊임없이 빨려 들어가는 것을 느끼며, 동시에 그들의 몸속에 깃든 또 다른 힘의 원천을 느낄 수 있었다.

'이게 마력인가?'

기본적인 느낌은 마나와 거의 흡사하다.

차이점이 있다면 마나보다 좀 더 순수한 에너지의 형태로 변환되었다는 것.

전혀 다른 성질로 변하는 오러와는 달리, 마력은 오히려 마나를 더욱 마나답게 만드는 느낌이었다.

마치 원유를 정제해서 휘발유로 만드는 것처럼.

그 순간, 나는 뜨거움을 느꼈다.

내 등에 닿은 엘프들의 손이 뜨겁다.

동시에 내 몸도 뜨거워졌다.

나는 의도적으로 억제한 호흡을 원래대로 돌리며 주변의 마나를 마음껏 빨아들였다.

지금은 이렇게 해야 할 것 같다.

마나의 정제.

처음에는 아무것도 몰랐다.

하지만 지금은 알 수 있었다. 엘프들의 손에서 느껴지는 뜨거움을 통해 마나를 정제하는 근본이 열기라는 것을 깨달았다.

열기.

그것은 혈액이다.

나는 핏속에 마나를 듬뿍 담아 온몸을 순환시켰다.

그러면 불순물이 떨어져 나가고 온전히 쓸 수 있는 에너지만 남게 된다.

이것이 마력이다.

오러는 오러의 그릇이라는 가상의 기관을 몸속에 만들어 운용한다.

하지만 마력은 그럴 필요가 없다.

실제로 몸속에 흐르는 피가 마력을 담을 수 있는 수용체이니까.

'이거구나……'

나는 몸속에 흐르는 마력을 느끼며 감탄했다.

마력을 만드는 개념도, 운용하는 방법도 모두 순리 그 자체였다.

너무 빠르게 쌓다가 부작용으로 피를 토하며 죽을 수도 있는 오러와는 전혀 다른 힘이다.

나는 끊임없이 마나를 받아들여 열심히 혈액 속으로 순환시켰다.

그것은 오러의 명상 수행처럼 극한의 집중력을 필요하지 않았다.

오히려 하면 할수록 마음이 편안해진다.

그렇게 얼마나 시간이 지났을까?

나는 이 정도면 충분하다는 만족감을 느끼며 천천히 눈을 떴다.

방 안엔 나 혼자뿐이었다.

엘프들이 내가 수련에 집중할 수 있도록 자리를 비워준 모양이다.

나는 어둑어둑한 창밖을 보며 긴 한숨을 내쉬었다.

'처음엔 마력을 발현만 시킬 생각이었는데… 어쩌다 보니 수련까지 한 번에 해버렸군.'

나는 천천히 몸을 일으키며 스스로를 스캐닝했다.

다른 스텟은 볼 필요도 없었다.

마력: 3(3)

'3? 3밖에 안 돼?'

예상보다 훨씬 낮은 수치였다.

기분만으로는 지금 당장 마력으로 각성을 했어도 이상하지 않을 만큼 충만한 느낌이다.

하지만 표시되는 스텟은 3이었다. 나는 허탈한 웃음을 지으며 기지개를 폈다.

"으으어… 이래 가지고 언제 400을 쌓지?"

하지만 크게 걱정은 들지 않았다.

일단 방법을 알아낸 이상, 시간과 자원을 남김없이 투자하면 반드시 성과가 나올 테니까.

나는 희망을 가지며 다시 바닥에 주저앉았다.

*　　　　*　　　　*

하지만 희망에 비해 성과가 전혀 나오지 않았다.

*　　　　*　　　　*

엘프 마을에서 마력의 수련을 시작한 지도 사흘이 지났다.

그 사흘 동안 나는 정말 밥만 먹고 수련만 했다. 하지만 결과는 충격적이었다.

마력: 5(5)

"어째서 이거밖에 안 늘어나는 거지……."

나는 방 안에서 무릎을 꿇은 채 좌절했다.

이건 뭔가 이상하다.

명상을 통해 마력을 쌓는 그 순간만큼은 엄청난 고양감을 느낀다.

마치 세상을 다 가진 듯한 충만함과 함께, 엄청난 마력이 혈액 속을 꽉 채우는 감각이 느껴진다.

하지만 결과는 큰 차이가 없었다.

첫날에만 스텟이 3 올랐을 뿐, 그 뒤로는 하루에 1씩 올랐다.

하루에 약 14시간씩 명상을 한 것치고는 너무도 허무한 성과였다.

무언가 근본적으로 잘못됐다.

물론 엘프들은 이게 당연한 거라고 말했다. 그린런은 오히려 내가 너무 빠르게 마력을 높이는 게 아닐까 하며 우려했다.

"저는 사자님이 말씀하시는 '스텟'의 개념은 잘 모르겠습니다.

하지만 사자님은 충분히 빠르게 성장하고 계십니다. 이대로 저희 마을에 2년 정도 머무르며 수행하시면 충분히 여신님이 요구하신 수준으로 마력을 성장시킬 수 있을 겁니다."

"2년이라니……."

나는 눈을 질끈 감으며 탄식했다.

물론 엘프들에게 있어 2년은 짧은 시간일 것이다. 그들은 인간보다 평균적으로 열 배쯤 더 오래 사니까.

하지만 내게 있어 2년이란 삶의 전부였다.

나는 앞으로 2년 안에 신성제국의 수용소에 잡혀 있는 지구인들을 구출해야 한다.

심지어 그것조차 낙관적인 계산이었다.

지구인들이 강해질 속도를 상상하면 지금 당장에라도 수용소에 쳐들어가고 싶은 심정이다.

"수련은 잘되고 계시나요?"

시아가 방 안으로 식사를 가져오며 물었다. 나는 천천히 고개를 저으며 한숨을 내쉬었다.

"쉽지 않습니다. 제 예상과는 많이 다르군요."

"마력은 시간이 필요한 힘이니까요. 저도 뭔가 도움을 드리고 싶지만 가르치는 건 젬병이라……."

엘프 소녀는 그렇게 말하며 내 옆에 바짝 붙어 앉았다.

이 엘프는 내게 관심이 있다.

내가 조금만 그 관심에 응해준다면 우린 지금 곧바로 침대 위로 올라가 뜨거운 시간을 보낼 수 있을 것이다.

하지만 나는 차마 그럴 수가 없었다.

스텔라를 생각하면.

지금 이 순간에도 신성제국의 수용소에서 고통받고 있을 스텔라를 생각하면 도저히 그럴 마음이 들지 않았다.

나는 차분한 목소리로 말했다.

"실례가 될지도 모릅니다만 저는 좋아하는 사람이 있습니다."

"아, 그런가요? 저도 있는데."

"네?"

시아는 천연덕스러운 표정으로 웃으며 대답했다.

"저도 좋아하는 엘프가 있어요. 동쪽 계곡에 사는 케셀리 온이라는 남자인데… 가끔씩 우리 마을에 사신으로 와요."

"사신이라면?"

"동쪽 계곡엔 왕이 계시거든요. 왕이 보내는 사신이요."

"엘프 왕이라……."

나는 내가 살고 있는 통나무집을 둘러보며 말했다.

"이 집도 원래 그 사신이 묵는 곳이라고 들었습니다."

"네, 맞아요."

"사신은 여기 와서 어떤 일을 합니까?"

"딱히 하는 일은 없어요. 그냥 동쪽 계곡에 어떤 일이 벌어 졌는지, 왕께서 어떤 말을 하셨는지 간단히 전해주고 나서 돌아가요. 하룻밤 있다가."

그 하룻밤 사이에 이곳에서 무슨 일이 벌어지는지 매우 궁금했다. 하지만 쓴웃음을 지으며 가볍게 물었다.

"그럼 저는 그 사신의 대신입니까?"

"에이, 그건 아니에요. 사자님은 특별한 분이니까."

시아는 내 오른 손등에 새겨진 불의 문장을 바라보며 말했다.

"그리고 인간에 대한 것도 궁금했어요. 동쪽 계곡은 약간은 교류를 하는 것 같은데, 저희 마을은 완전히 고립되어 있으니까요."

"일부러 고립을 자처한 게 아닙니까?"

"그런 것도 물론 있지만……."

시아는 어쩐지 우울한 얼굴로 말을 흐렸다.

그러다 어깨를 으쓱이며 말했다.

"세상엔 어쩔 수 없는 일이 많으니까요. 그런데 사자님이 보시기에 저는 어떤가요?"

"네?"

"제가 보기 흉한가요? 무언가 거부감이 느껴지나요?"

그것은 뜻밖의 질문이었다.

나는 잠시 그녀를 바라본 다음, 솔직한 감상을 말했다.

"그렇지 않습니다. 물론 인간과 외모가 달라서 색다르긴 합니다. 피부색이라든가요."

"역시 피부색이……."

"하지만 흉하거나 거부감이 느껴지진 않습니다. 오히려 피부의 부드러움 같은 건 인간보다 훨씬 뛰어난 것 같군요. 마치……."

나는 시아의 손등을 가볍게 쓰다듬으며 말했다.

"매끄러운 대리석 같습니다. 그리고 부드럽구요."

"와, 정말요?"

시아는 활짝 웃으며 말했다.

"그거 좋네요. 후후… 근데 피부라면 동쪽 계곡 엘프들이 훨씬 좋을 거예요. 일단 보기에도 좋고, 아, 그러고 보니 슬슬 케셀리온이 올 때가 됐네요."

"동쪽 계곡의 사신 말입니까?"

"네. 오면 한번 만나보세요. 그리고 비교해서 감상을……."

그 순간, 집 밖에서 비명과 함께 소란이 벌어졌다.

"워울프다! 워울프가 공격해 오고 있어!"

나는 곧바로 칼을 챙기며 집 밖으로 뛰쳐나갔다.

"무슨 일입니까! 늑대 인간이 공격해 왔습니까?"

"그, 그렇습니다!"

피투성이인 엘프가 넋이 빠진 얼굴로 달려오며 소리쳤다.

"자경대는 전멸입니다! 저만 겨우 빠져나왔습니다."

"자경대가 전멸이라니, 그런런 장로님도 말입니까?"

"자, 장로님도 쓰러지셨습니다! 단 한 마리에게……."

"한 마리요? 장로님을 포함한 자경대 전부가 말입니까?"

그것은 믿을 수 없는 이야기였다. 엘프는 고통스러운 얼굴로 고개를 끄덕였다.

"큰이빨이 혼자 쳐들어왔습니다. 녀석이 갑자기 너무 강해서… 모두가 성지 근처에서……."

엘프는 뭔가를 더 말하려다 눈을 감으며 앞으로 쓰러졌다. 따라 나온 시아가 쓰러진 엘프를 살피며 긴장된 표정으로 말했다.

"생명은 괜찮아요. 의식을 잃었을 뿐입니다."

"성지 근처인가……."

나는 눈살을 찌푸리며 서쪽 언덕 너머를 보았다.

워울프.

이미 한 번 내 목숨을 앗아간 짐승들.

아무래도 마음 놓고 수련을 하기 위해서는 먼저 그 녀석들부터 정리해야 하는 모양이다.

나는 곧바로 맵온을 켜서 적의 숫자를 확인했다.

워울프 – 2,144

카라돈 산맥에 살고 있는 워울프의 숫자는 모두 2,144마리였다.

하지만 가까운 곳에 있는 워울프는 단 한 마리였다.

'정말 혼자 쳐들어온 건가?'

나는 의구심을 느끼며 엘프를 탐색했다.

그러자 방금까지 한 마리의 워울프가 있던 주변에 총 스물두 개의 회색 점이 깜빡거렸다.

"살아 있어!"

나는 급하게 소리치며 시아를 돌아보았다.

"자경대는 아직 살아 있습니다."

"네? 정말요?"

시아는 믿을 수 없다는 듯 눈을 깜빡였다. 나는 즉시 칼을 뽑아 들며 말했다.

"일단 제가 가서 지키겠습니다. 시아, 당신은 여기서 다른 엘프들과 함께 마을을 지켜주십시오. 당장은 몰라도 언제 다른 워울프가 이곳으로 쳐들어올지 모르니까요."

시아는 즉시 고개를 끄덕였다. 나는 곧바로 서쪽 계곡을 향해 달리며 생각했다.

'혼자서 엘프 마을의 정예인 자경대를 전멸시키다니, 대체 그 '큰이빨'이란 워울프는 얼마나 강한 거지? 그리고 어째서 제압한 자경대를 죽이지 않은 걸까?'

*   *   *

녀석은 성지의 한가운데서 울부짖고 있었다.

"워어어어어어어어어우우우우우우!"

회색 털이 빽빽하게 돋아난 거대한 늑대 인간.

'이 녀석이 바로 큰이빨인가?'

나는 사방에 널브러진 엘프들을 살피며 긴장했다.

"사, 사자님… 이 녀석, 너무 빠르고 강해서……."

근처에 쓰러져 있던 엘프 한 명이 가까스로 중얼거리다 고개를 숙였다. 나는 입술을 깨물며 워울프를 주시했다.

녀석은 울고 있었다.

울부짖는다는 의미가 아니다. 말 그대로 눈에서 눈물을 쏟고 있다.

녀석은 푸른 눈으로 날 노려보며 소리쳤다.

"그 허연 엘프를 내놔아아아아아!"

언어의 각인 때문일까?

나는 워울프의 언어마저 이해할 수 있었다.

이것이 단순히 언어를 번역하는 '하급' 언어의 각인 효과인지, 아니면 육체와 의지가 있는 모든 존재와 소통이 가능한 '상급' 각인의 효과인지는 모른다.

확실한 건 녀석이 매우 흥분했으며, 당장에라도 날 찢어 죽일 듯한 기세로 노려보고 있다는 것뿐.

'무기는 없군.'

녀석은 맨손이었다.

대신 날카롭고 두꺼우며 억세게 휘어져 있는 손톱 끝이 피로 물들어 있었다.

나는 전투 직전에 녀석을 스캐닝했다.

이름: 큰이빨
레벨: 6
종족: 워울프, 군주

기본 능력
근력: 358(324)
체력: 419(383)
내구력: 301(274)
정신력: 37(34)
항마력: 171(54)

특수 능력
오러: 78(84)
마력: 0
신성: 0
저주: 117(117)
특수 효과: 광기. 늑대의 포효
고유 스킬: 군주의 광기, 늑대의 포효(중급)

모든 기본 능력이 한계치보다 높아져 있다.

하지만 정작 오러는 발동시키지 않았다. 나는 스텟을 빠르게 살피며 감탄했다.

'뭐지? 뭐가 저렇게 강해? 특수 효과로 발동되어 있는 광기와 늑대의 포효 때문인가?'

하지만 더 자세히 살필 여유가 없었다.

콰앙!

큰이빨이 지면을 박차며 뛰어들었다.

엄청난 기세였다. 나는 오러를 발동시킴과 동시에 녀석의 오른쪽 발톱을 칼날로 막아냈다.

파직!

순간 칼을 쥔 오른팔이 옆으로 튕겨 나갔다.

오러를 발동시켰는데도 팔 전체가 찢겨 날아갈 듯한 충격이었다.

동시에 녀석의 왼쪽 발톱이 날아들었다.

부웅!

나는 전력을 다해 몸을 뒤로 빼며 녀석의 공격을 피했다.

엄청난 힘.

그리고 엄청난 속도와 탄력.

나는 재빨리 자세를 바로잡으며 왼편에 있는 숲으로 몸을 날렸다.

도망치는 것은 아니다.

여기서 이대로 싸우면 주변에 쓰러진 엘프들이 휘말려 진짜 죽을 테니까…….

"크와아아아아아아앙!"

큰이빨은 맹렬히 포효하며 엄청난 속도로 추격했다.

나 역시 전력으로 달렸지만 고작 10초 정도밖에 거리를 벌리지 못했다.

부우웅!

등 뒤에서 휘두르는 녀석의 앞발이 허공을 스치며 지나갔다.

나는 재빨리 몸을 돌리며 큰이빨을 마주 보았다.

녀석은 온몸으로 날 덮치며 마구잡이로 앞발을 휘둘렀다.

파직!

파지지직!

파지지지직!

칼날에 발동시킨 오러조차 녀석의 공격에 찢겨나며 허공으로 사라진다.

덕분에 나는 초 단위로 오러 소드를 보충해야 했다.

만약 그렇게 하지 않으면 칼날이 부러질 것이다.

같은 의미로 오러 실드 역시 만들 엄두가 나지 않았다.

'이 정도면 오러 실드를 한 번에 찢어버릴 거다. 발톱의 강도와 예리함이 엄청나군…….'

그 때문에 내가 선택할 수 있는 것은 적의 공격을 받아치거나 혹은 피하는 것뿐이었다.

도저히 반격을 한 틈이 나지 않았다.

녀석은 말 그대로 공격을 쏟아내는 기계였다.

한 방 한 방이 바위산을 쪼개 버릴 듯한 위력이다.

하지만 그런 공격을 쉴 새 없이 쏟아내면서도 조금도 지치지 않았다.

나는 체력에서 압도당하는 걸 느꼈다.

녀석은 그 어떤 기교도 부리지 않는다. 그저 타고난 야성을 미친 듯이 쏟아낼 뿐.

그리고 그 순간.

"캬악! 잠깐! 너도 회색이 아니잖아!"

큰이빨이 갑자기 눈을 부릅뜨며 소리쳤다.

'그걸 이제 알았냐?'

나는 격렬한 숨을 몰아쉬느라 대답조차 할 수 없었다.

동시에 큰이빨의 푸른 눈이 붉은빛으로 물들기 시작했다.

무언가 잘못됐다.

나는 위협을 느끼며 빠르게 뒤로 물러났다.

분명히 물러났다.

하지만 그보다 빠르게 큰이빨의 긴 주둥이가 내 목을 파고들었다.

반응조차 힘들 만큼 엄청난 속도로.

콰직!

그야말로 큰이빨이다.

녀석의 송곳니는 내 손가락보다도 길었다.

그것이 단 한순간에 목 깊숙한 곳까지 파고들었다.

기본 내구력 180에, 1단계 소드 익스퍼트의 오러까지 단숨에 박살 내면서…….

"죽어라, 허연 엘프! 이 개쓰레기 놈들!"

녀석은 광기 어린 목소리로 외치며 계속해서 내 목을 물어뜯었다.

'개쓰레기라니… 늑대 인간 주제에 인간처럼 말하는군.'

나는 더 이상 고통조차 느끼지 못한 채 그대로 의식을 잃었다.

*   *   *

솔직히 방심했다.

큰이빨에 대한 이야기는 이미 엘프들을 통해 몇 차례나 들었다.

하지만 심각하게 받아들이지 않았다.

그것은 첫날 만났던 워울프들의 스텟을 확인했기 때문이다.

물론 당시에는 내가 몸이 마비되어 싸울 수 없었다.

하지만 정상적인 상태라면 별것 아니었고, 그들의 우두머리인 큰이빨 역시 큰 차이가 없을 거라고 예상했다.

기껏해야 두 배쯤 강할까?

하지만 녀석의 힘은 그 이상이었다.

일단 기본 스텟부터가 엄청났다. 그리고 스텟 이상의 힘을
발휘하는 엄청난 광기에 사로잡혀 있었다.

"사, 사자님… 이 녀석, 너무 빠르고 강해서……."

정신을 차린 순간, 근처에 쓰러져 있던 엘프 한 명이 가까
스로 말하며 기절했다.

"큭……."

나는 본능적으로 목을 쓰다듬었다.

방금 전까지 거대한 이빨로 물어 뜯기던 기억이 너무도 생
생했다.

큰이빨.

녀석은 눈물이 그렁그렁한 눈으로 날 노려보며 소리쳤다.

"그 허연 엘프를 내놔아아아아아아!"

나는 즉시 대답했다.

"네, 드리겠습니다!"

"…뭐?"

순간 큰이빨이 주춤하며 경직되었다.

"뭐든 드리겠습니다! 그전에 일단 저는 엘프가 아닙니다!"

나는 죽음의 기억을 떠올리며 소리쳤다.

녀석은 나를 '허연 엘프'로 착각하고는 분노하며 한층 더 강
해졌다.

물론 그 전까지도 싸움은 버거웠다.

하지만 눈이 빨갛게 물든 이후로는 움직임 자체를 읽을 수

가 없었다.

"저는 인간입니다. 사정이 있어 엘프 마을에 왔습니다."

최소한 착각해서 더 강해지게 하는 일만큼은 막아야 했다. 나는 마른침을 삼키며 적의 눈을 경계했다.

큰이빨은 눈 주위를 꿈틀거리며 한동안 날 노려보았다.

"…그래. 인간 맞네. 귀도 작고. 그런데 인간이 여긴 웬일?"

중후한 외모에 비해 말투는 어린애 같다.

나는 경계심을 유지한 채 최대한 차분한 말투로 물었다.

"엘프 마을에는 마법을 배우러 왔습니다. 하지만 엘프들의 피부는 모두 회색입니다. 허연 엘프란 대체 누굴 말하는 겁니까?"

『리턴 마스터』 5권에 계속…

초대형 24시 만화방

신간 100%, 샤워실, 흡연실, 수면실(침대석), 커플석, 세탁기 완비

▪ 광명 광명사거리역점 ▪

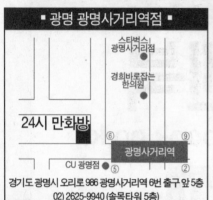

경기도 광명시 오리로 986 광명사거리역 6번 출구 앞 5층
02) 2625-9940 (솔목타워 5층)

▪ 강북 노원역점 ▪

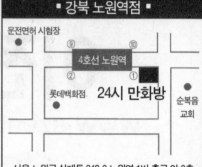

서울 노원구 상계동 340-6 노원역 1번 출구 앞 3층
02) 951-8324 (화용빌딩 3층)

▪ 일산 정발산역점 ▪

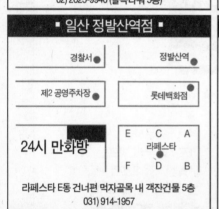

라페스타 E동 건너편 먹자골목 내 객잔건물 5층
031) 914-1957

▪ 일산 화정역점 ▪

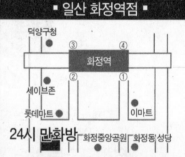

경기도 고양시 덕양구 화정동 984번지 서일빌딩 7층
031) 979-4874 (서일사우나 건물 7층)

▪ 부천 역곡역점 ▪

역곡남부역 기업은행 건물 3층
032) 665-5525

▪ 부평역점 ▪

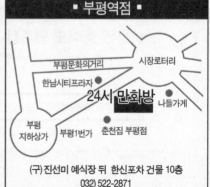

(구)진선미 예식장 뒤 한신포차 건물 10층
032) 522-2871

FUSION FANTASTIC STORY

SOKIN 장편소설

재벌 작가

달동네에서도 가장 끄트머리 반지하 월세방.
그곳에서 엄마와 단둘이 살고 있는 꼬마가 가진 것은
누구보다 위대한 재능이었다.

"저라면 가능합니다."
"어떤 작가보다 많은 문학적 업적을 남기고,
더 큰 성공을 거둘 테니까요."

전 세계에서 가장 많이 팔린 책 리스트.
이곳에 이름을 올릴 책의 작가가 될 남자, 이우민.

그의 이야기가 지금 시작된다!

Book Publishing CHUNGEORAM

유행이 3날 자유추구~
WWW.chungeoram.com

FUSION FANTASTIC STORY

박선우 장편소설

스크린의 별

비호감을 불러일으킬 정도로 못생긴 외모를 가진 강우진.

우연히 유전자 성형 임상 실험자 모집 전단지를
발견한 그는 마지막 희망을 걸고
DNA를 조작하는 주사를 맞게 되는데…….

과거의 못생겼던 강우진은 잊어라!

**세상에서 가장 아름다운 사나이.
그가 만들어가는 영화 같은 세상이 펼쳐진다!**

Book Publishing CHUNGEORAM

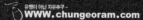